KB106278

고리의 비밀

시간을 이어가는 자

고리의 비밀

초판 1쇄 발행 | 2016년 3월 10일
5쇄 발행 | 2019년 5월 10일
지은이 | 오시은
펴낸이 | 최윤정
펴낸곳 | 바람의 아이들
만든이 | 최문정 이창섭 이민영 양태종 이소희
등록 | 2003년 7월 11일(제312-2003-38호)
주소 | 04001 서울시 마포구 동교로 17안길 43-4
전화 | (02)3142-0495 팩스 | (02)3142-0494
제조국 | 한국
구독 연령 | 11세 이상
이메일 | windchild04@hanmail.net

www.barambooks.net

ISBN 978-89-94475-68-4 44800
978-89-90878-04-5(세트)

이 도서는 인천광역시, (재)인천문화재단, 한국문화예술위원회 지역협력형사업으로 선정되었습니다.

「이 도서의 국립중앙도서관 출판예정도서목록(CIP)은 서지정보유통지원시스템 홈페이지(http://seoji.nl.go.kr)와 국가자료공동목록시스템(http://www.nl.go.kr/kolisnet)에서 이용하실 수 있습니다.(CIP제어번호: CIP2016003976)」

고리의 비밀

시간을 이어가는 자

오시은 지음

바람의아이들

차례

프롤로그

어느 날 밤, 도시 외곽에 위치한 숲의 일부가 함몰되었다. 숲에서 바라보는 도시는 흡사 공룡 알 분포지대 같다. 거대한 원형 돔들은 숲과 묘하게 맞아떨어지면서도 이질적이다. 숲과 도시는 분리된 채 각자의 생태를 유지했다. 원형 돔이 점점 견고해지듯 숲은 스러지고 싹 틔우는 일을 반복했다.

땅이 함몰된 것도 그런 이치다. 흙이 무너진 구덩이는 깊이가 10미터가 되었다. 시간이 지나면 구덩이에 흙이 채워지고 생명이 움트면서 새로운 지형을 만들 거다. 하지만 그 구덩이엔 뭔가 특별한 것이 있다. 그건 바닥에서 삐죽 솟아오른 나무 귀퉁이다. 그걸 처음 발견한 건 새벽 산책을 즐기던 노인이다. 숲을 방문하는 건 200살이 넘은 인간에게 주어지는 순례 의식이다. 죽음이 가까워진 인간은 숲에서 영원한 안식에 들었다. 숲은 인간이 자연으로 돌아가는 두 번째 삶의 터전이다.

뒷짐을 진 채 구덩이를 내려다보던 노인이 마디가 붉어진 손을 들어 올렸다. 그러자 흙 속에 묻혀 있던 나무 상자가 허공으로 떠올랐다. 공중에 떠오른 상자는 구덩이를 뒤로한 채 미끄러지듯 날아왔다. 마치 날갯짓을 하지 않고도 하늘을 나는 맹금류처럼.

상자는 생각보다 가벼웠다. 노인은 상자를 손에 들고 크기를 가늠했다. 가로 30센티, 세로 15센티. 별로 특별해 보이지는 않았다. 손바닥으로 흙을 털어 내자 오래된 나뭇결이 드러났다. 노인은 고개를 갸웃거렸다. 오래된 나무치고는 상태가 멀쩡했다. 자물쇠는 달려 있지 않았다. 노인은 어깨를 으쓱이고 상자의 뚜껑을 열었다. 뚜껑에 달린 경첩에서 삐그덕 앓는 소리가 났다. 조심스레 상자를 들여다보던 노인의 얼굴이 굳어졌다.

"이건……."

노인은 침을 삼키며 주위를 살폈다. 나무 사이로 비쳐 들기 시작한 햇살이 안개를 걷어 내고 있었다. 하늘로 솟은 나무들 사이로 도시의 둥근 지붕도 보였다. 은회색의 둥근 돔은 햇빛을 받아 반짝였다. 노인은 상자를 품에 안았다. 서둘러 걸음을 재촉한 노인이 한 번도 쉬지 않고 찾아간 곳은 도시 중앙에 위치한 유물 관리국이다.

노인이 유물관리국으로 들어간 지 서너 시간이 지난 뒤, 도시는 발칵 뒤집혔다. 정확히는 상자 안에 들어 있던 물건 때문이다. 상자에는 고리 모양의 메달이 달린 목걸이와 날개 모양의 금속판이 들어 있었다. 이것들의 모습을 찍은 영상이 하루 종일 도시를 유영하는 스크린에 담겼다.

유물 관리국에서는 물건의 진위 여부를 가린 뒤 일반에 공개하겠다며 공식 입장을 밝혔다. 잘만 하면 사라진 역사의 퍼즐을 맞출 발견이 될 터였다.

바론 점등식

에어윙이 수평비행 모드로 들어서자 아이들이 자리에서 일어났다. 오늘만큼은 지정석을 벗어나도 된다고 했다. 나리아는 홀로 서서 창밖을 내다봤다. 하늘은 바론으로 향하는 에어윙들로 뒤덮였다. 모두 점등식을 보기 위해 탑으로 가는 중이다. 하지만 나리아와 아이들에게는 그보다 더 중요한 용무가 있다. 바로 공증식이다. 공증식을 치를 때가 되어서야 아이들은 공동체 밖으로 나올 수 있다. 그 전까지는 타리타움에서 시민이 되기 위한 교육을 받으며 자랐다. 나리아는 공증식을 치르는 열다섯이 되기를 손꼽아 기다렸다. 공증식이 끝나면 타리타움을 떠날 수 있다. 그건 집단생활이 끝난다는 걸 의미했다. 나리아는 주위를 둘러봤다.

아이들의 얼굴엔 표정이 없다. 무슨 생각을 하는지도 알 수 없다. 생김새는 다른데 표정 없는 얼굴만큼은 똑같다. 나리아는 자신이 아이들과 다르다는 걸 일찌감치 알았다.

'나는 같지 않아.'

그건 15세가 다가올수록 분명해졌다. 나리아의 마음은 수시로 출렁였고, 알 수 없는 느낌들로 충만했다. 하지만 그런 느낌을 입 밖으로 낼 수는 없다. 같지 않은 건 위험하다. 근처에서 아이들이 대화를 나눴다. 감정이 실리지 않은 목소리지만 나리아의 신경을 자극하는 주제다.

"올해의 아이가 나올까?"

"모르지."

"수리치는?"

"그 애는 우수해."

"나리아는?"

"그 애는 모르스야."

나리아는 손마디가 하얘지도록 안전 바를 잡았다. 모르스는 바이러스를 의미한다. 아이들도 나리아가 자신들과 다르다는 걸 알고 있다. 나리아가 느끼는 것과 다른 방식이긴 하지만. 어쨌거나 그래도 이건 너무하다. 모르스는 사람에 대한 적절한 비유가 아니다.

'바이러스라니…….'

나리아는 표정을 숨긴 채 아이들을 돌아봤다. 그러다 수리치와 눈이 마주쳤다. 수리치는 황급히 고개를 돌렸다. 마치 나쁜 것이 전염되기라도 한다는 듯. 슬픔과 분노가 동시에 몰려왔다. 나리아는 고개를 숙였다.

'모르스, 모르스…….'

그 단어가 나리아의 머리에서 떠나지 않았다. 잠시 뒤 익숙한 시선이 다시 느껴졌다. 나리아는 돌아보지 않아도 그게 누군지 알 수 있다. 언제부턴가 이상한 느낌이 들어 주위를 둘러보면 수리치와 눈이 마주쳤다. 그 아이의 눈엔 호기심이 가득하다. 이해할 수 없지만, 그 눈빛의 의미만큼은 짐작이 됐다. 신기한 별종을 관찰하는 눈빛. 그게 아니라면 대체 뭐겠는가? 그것 말고는 수리치가 자신을 훔쳐보는 이유를 설명할 수 없다.

수리치는 수재다. 그 애라면 올해의 아이가 되기에 충분하다. 그 애가 다른 아이들과 달리 미묘한 표정 변화를 갖고 있다는 게 놀라울 따름이다. 올해의 아이가 되면 온갖 특혜가 주어진다. 나리아는 그런 건 꿈도 꾸지 않았다. 나리아는 자신이 수리치의 반대 축에 있다는 걸 안다. 늘 엉뚱한 생각을 하고, 학습능력도 떨어지고, 모두에게 외면 당하는 아이. 그게 바로 자신이다. 나리아는 아이들의 생각을 무시했지만, 공증식이 다가오면서 수리치와 함께 입에 오르내리는 것까진 어쩌지 못했다. 아이들은 수리치를 올해의 아이로, 나리아를 최악의 아이로 꼽았다. 모두들 나리아가 낙오되지 않고 공증식에 참석하는 게 기적이라고 생각하는 눈치다.

나리아는 창밖을 내다보며 자신이 정말 최악인지 생각했다. 하지만 늘 그렇듯 생각하는 게 조금 다를 뿐이라는 결론을 내렸다. 나리아는 답이 하나만 있는 문제에 2, 3가지 혹은 그 이상의 답을 내놓는 식이다. 동시에 여러 생각이 드는 건 순식간이라 설명하기가 쉽지 않다. 아이들과 관리자들은 복잡한 생각을 가진 나리아가 비정상이라고 했다.

'대체 뭐가 정상일까?'

나리아는 수리치 쪽을 바라봤다. 이제 수리치의 시선은 창밖을 향하고 있다. 한숨이 나왔다. 죽었다 깨어나도 수리치처럼 될 수는 없을 거다. 그건 나리아가 바라는 것도 아니다. 나리아가 바라는 건 하나다. 공증식이 끝난 뒤에 혼자 하는 일에 배정되었으면 하는 바람. 하지만 바람대로 되지 않아도 나쁠 건 없다. 타리타움을 떠나는 건 변함이 없을 테니 말이다. 나리아는 움켜쥔 손을 쫙 펴며 먼 곳을 바라봤다. 이제 몇 시간만 참으면 된다.

모르스는 인류의 재앙입니다

모르스 점검을 잊지 마세요

큼직한 글자들이 에어윙 사이를 떠다녔다. 나리아는 귀 뒤에 이식된 뉴로콘을 문질렀다. 모르스 점검을 깜빡했다. 하지만 전에도 점검을 빼먹은 적이 있지만 문제가 된 적은 없다. 나리아는 손을 바로 하며 고개를 저었다. 괜한 걱정을 하느니 하늘에 떠 있는 글자를 구경하는 편이 나았다.

타리타움에서도 가끔 글자가 허공을 떠다녔다. 관리자들은 그런 식으로 전달 사항을 알렸다. 그건 뉴로콘을 통한 정보 전달이 정착되기 전에 사용하던 방식이다. 창밖에 있는 글자는 전통을 상징하는 점등식과 잘 어울렸다. 그리고 타리타움에서 보던 것보다 훨씬 더 웅장하고 자유롭다. 나리아는 그 느낌을 속으로 되뇌었다.

'웅장하고 자유롭다.'

다른 아이들은 글자가 '크다'고만 했을 거다. 하지만 나리아는 단순하게 설명되지 않는 것들이 세상에 존재한다고 믿었다. 그렇게 믿으면 단순한 것도 특별해지는 느낌이다. 물론 나리아의 생각에 동의하는 사람은 아무도 없다. 그때 에어윙 천장에서 기계음이 흘러나왔다.

"전방에 바론 탑이 있습니다."

창밖으로 거대한 탑이 보였다. 고깔모자처럼 생긴 은빛 탑 상단에는 접시 모양의 광장이 펼쳐져 있다. 그곳이 점등식과 공중식이

치러질 장소다.

에어윙이 탑 위로 고도를 높이자 도시가 한눈에 들어왔다. 도시는 뉴로콘으로 검색하던 모습 그대로다. 바론 탑이 도시 한복판에 있고, 도시 아래로는 시퍼런 바닷물이 펼쳐져 있다. 정확히 말하면 바론시는 바다에 떠 있는 해상도시다. 도시를 떠받치고 있는 건 수십만 개에 달하는 기둥들이다. 유압으로 높이를 조절할 수 있는 기둥들 덕에 도시는 바다로부터 안전했다. 뉴로 클라우드센터인 바론이 없다면 마지막 대륙이 가라앉기 전에 기둥을 완성하지 못했을 거다. 그러니 탑의 이름을 본떠 도시를 '바론시'라고 명명한 건 당연한 일이다.

'바론이 없다면?'

생각만으로도 몸서리가 쳐졌다. 바론이 없다면 모든 게 없다. 그건 변함없는 진리다.

어느새 에어윙이 바론 광장에 착륙했다. 밖으로 나가는 계단이 펼쳐지고 아이들은 언제 그랬냐는 듯 질서정연하게 움직였다. 하지만 나리아는 그러지 못했다. 어딘가 느슨해 보이는 나리아의 걸음을 보고 아이들은 멸종된 유인원이라는 말을 했다. 그건 타리타움을 떠나고 싶은 또 다른 이유이기도 하다.

광장은 사람들로 북적였다. 광장에 초대 받은 사람들은 고위 관료거나 엔지니어들이다. 일반 시민들은 자신들이 타고 온 에어윙을 공중에 정차한 채로 행사를 지켜보게 된다. 나리아는 고개를 젖혀 탑을 에워싸고 있는 에어윙들을 쳐다봤다. 에어윙으로 만든 소용돌이에 갇힌 기분이 든다. 나리아는 몸을 떨며 고개를 바로 했다. 광장은 생각보다 넓다. 착륙한 수십 대의 에어윙은 광장의 한쪽 귀퉁이를 채웠고, 토성의 띠를 연상시키는 바닥은 우주에 떠 있는 기분을 불러 일으켰다.

광장을 활보하는 사람들은 모두 위아래가 붙은 새하얀 옷차림이다. 공증식을 치르는 아이들은 은색 수트가 지정복이다. 단상에서 등받이가 높은 의자에 앉은 사내는 황금색 수트 차림이다. 황금색 망토까지 두른 그는 바론의 대행자이며, 공식 행사의 집행관인 가리온이다. 나리아는 자꾸만 어깨가 움츠러들었다. 하지만 곧 숨을 내쉬며 등을 곧추세웠다. 타리타움을 떠나게 되는 날을 망칠 수는 없다. 나리아는 걸음걸이에 신경 쓰며 아이들을 따라갔다.

자리가 정돈되자 가리온이 일어났다. 웅성대는 소리가 잦아들고, 허공에 있는 에어윙들도 소음 상태를 유지했다. 이윽고 가리온의 목소리가 광장을 울렸다.

“이제부터 137번째 바론 점등식을 시작합니다.”

굵직한 목소리는 거대한 폭포를 연상시켰다. 나리아는 거대한 물줄기가 광장 끝에 설치된 펜스를 넘어 아래로 흘러넘치는 모습을 상상했다. 하지만 전자빔의 조합으로 만들어진 스크린이 허공에 나타나자 상상도 끝이 났다. 스크린엔 바론의 역사를 담은 영상이 시작됐다.

오래전 지구에는 인접한 두 나라의 전쟁이 극에 달했다. 시작은 종교 차이로 빚어진 갈등이지만 실상은 땅 싸움이다. 이 싸움의 관건은 상대의 공격에 얼마나 빨리 맞대응하는가이다. 이른바 자동공격장치 시스템의 신속함이 승패를 좌우했다. 시스템에 강력한 바이러스인 모르스가 침투했다는 걸 알게 된 건 두 나라의 땅이 절반 이상 폐허가 된 뒤다. 모르스는 적대국이라고 판단되는 곳에 무차별 공격을 감행했고 큐브넷을 통해 전 세계로 퍼져나갔다. 곧이어 동시다발적인 폭발이 세계 곳곳에서 발생했다. 지도에서 먼저 사라진 나라들은 막강한 무기를 보유한 국가들이다. 거대한 대륙이 통째로 사라진 뒤에야 사람들은 진즉에 폐기됐다는 핵무기가 실존했음을 알았다. 폐허가 된 땅을 덮친 건 지진과 쓰나미다. 바다에 의한 침식은 재앙의 연쇄작용이다. 모든 대륙이 바다로 가라앉는 데는 2년도 걸리지 않았다. 감염되지 않은 큐브넷은 동쪽 끝에 있는 바론이 유일했다. 인류는 바론을 통해 해상도시를 건설하는 데 박차를 가했다. 그리고 마침내 최후의 인류가 살아남았다. 바론에 남은 사람들은 마지막 생존자들이다. 이후 바론은 일원화된 운영 시스템으로 인류를 지켰다. "하나를 위한 시스템은 하나." 이것이 인류 생존의 모토다. 바론이 구축한 시스템은 최적의 모델이다. 바론이 없다면 인류도 없다.

침묵이 광장을 뒤덮었다.

자리에서 일어난 가리온이 중요한 의식을 치르려는 듯 손을 치켜들었다. 그러자 탑 꼭대기를 밝히던 불빛이 사라졌다. 소등의 시작이다. 소등은 탑을 시작으로 도시 전체로 퍼져나갔다. 도시가 어두워지는 모습은 허공에 있는 스크린을 통해 확인됐다. 도시 끝에서 마지막 불빛이 사라지자 사람들 입에서 탄식이 흘러나왔다. 이제 어디에도 빛은 존재하지 않았다. 마치 세상을 검은 장막으로 덮어 버린 느낌이다.

나리아는 가슴에 손을 모았다. 손이 떨리는 건지 가슴이 떨리는 건지 알 수 없다. 이토록 긴장되는 점등식은 처음이다. 눈앞에 펼쳐진 어둠은 타리타움에 있는 자신의 방, 그것도 안전한 요람 안에서, 일시적인 소등으로 경험했던 점등식과는 차원이 다른 어둠이다. 그건 바닥을 알 수 없는 두려움 그 자체다. 심장이 쿵쾅대는 소리가 귀에서 들렸다. 잠시 뒤, 어둠을 뚫고 딸깍 하는 소리가 울렸다. 그러자 허공에 있는 스크린에 작은 불빛이 반짝였다. 점등이 시작된 거다. 도시 경계에서 시작된 불빛은 탑이 있는 중앙을 향해 빠르게 다가왔다. 시간이 흐를수록 스크린을 채우는 불빛이 많아졌다.

발밑에서 웅- 하는 진동이 느껴졌다. 불빛은 살아 있기라도 하듯 탑 꼭대기를 향해 달려갔다. 까만 점으로 남아 있던 스크린 중앙에 불이 들어왔고, 그와 동시에 탑 꼭대기에도 강렬한 빛이 번쩍였다.

"와!"

함성이 물결쳤다.

나리아는 참았던 숨을 뱉었다. 마치 1년은 숨을 쉬지 않은 기분이다. 가리온이 두 팔을 치켜들며 말했다.

"우리는 이 날을 기억해야 합니다. 암흑을 지나 빛의 세계에 머무를 수 있었던 바로 이 순간. 우리를 새롭게 태어나게 했던 과거를 기억해야 합니다. 그 중심에 바론이 있다는 것과, 바론이 유일한 희망이고, 영원히 지속되어야 할 가치라는 걸 기억해야 합니다. 바론이 없다면 인류도 없습니다. 바론에 충성합니까?"

사람들이 주먹을 치켜들며 '바론'을 외쳤다. 아이들도 예외는 아니다. 한 치의 흐트러짐이 없는 일사 분란함이 사람들을 휘감았다. 공중에 있는 에어윙도 들썩였다. 나리아는 얼떨떨하다. 모든 사람이 똑같이 반응하고 행동하는 모습에서 공포를 느꼈다. 왜 그런지는 모른다. 나리아는 들뜬 열기 속에 스며든 공포와, 그 공포를 자신만 느낀다는 것이 두렵다. 가리온이 팔을 내리자 함성이 뚝 그쳤다.

"이 뜻깊은 순간, 우리는 사회의 일원을 새로 맞이할 겁니다. 오늘이 지나면 이들은 직무평가를 통해 자신의 일을 찾게 됩니다. 바론에 밝혀진 새로운 빛은 이들의 앞날을 비추기 위한 것입니다."

사람들은 정확히 세 번 손바닥을 마주쳤다. 나리아는 마른 침을 삼켰다. 땀이 나는 것도 아닌데 몸이 축축한 기분이다. 공증식이 끝나면 이제 다른 삶을 살 수 있게 된다. 지긋지긋한 공동체 생활과, 남들과 다르다는 불안에서도 벗어날 수 있다.

나리아는 주먹을 쥐었다. 끝까지 버텨야 했다. 그때 단상 앞으로 회색 수트를 입은 남자들이 은쟁반을 들고 나타났다. 쟁반에는 푸른색 액체가 담긴 유리잔들이 놓여 있다. 공증식을 치르는 아이들은 그걸 단숨에 비워야 했다. 맛에 대해서는 말이 많다. 환상적이라고 하는 얘기도 있고, 먹자마자 토할 거라는 얘기도 있다. 하지만 어떤 맛이건 한 방울도 남김없이 먹어야 했다. 그게 규칙이다. 고대에 성인이 되는 아이들에게 술을 먹인 전통을 푸른 액체가 계승한 건지는 정확지 않다. 확실한 건, 푸른 액체를 먹어야만 시민으로서의 결속력이 완성된다는 거다. 관리자들은 아이들이 인공 산실에서 태어날 때 이식한 뉴로콘에 푸른 액체가 윤활유 역할을 한다고 했다.

드디어 앞줄에 있던 아이들이 단상으로 나갔다. 다들 긴장한 눈치지만 잔을 비우며 인상을 쓰는 아이는 없다. 의식은 순조롭게 진행됐다. 줄이 짧아질수록 나리아의 긴장도 커졌다. 아직까지 올해의 아이는 나오지 않았다. 가장 유력한 인물로 꼽히는 수리치가 나리아와 마지막 조에 속해 있다. 드디어 마지막 차례다. 나리아는 아이들과 함께 앞으로 나갔다. 쟁반을 들고 서 있는 남자들은 처음 그대로 흐트러짐 없는 자세다. 나리아는 연습한 대로 잔을 들어 입에 갖다 댔다. 쌉쌀하면서도 달짝지근한 액체가 목구멍으로 넘어갔다. 맛은 그럭저럭 견딜 만하다. 빈 잔을 내려놓으니 홀가분했다.

바로 그때 나리아 앞에 있던 남자의 입이 반쯤 벌어졌다. 나리아는 잔을 내려다봤다. 잘못된 건 없다. 하지만 사방에서 술렁대는 소리가 났다. 옆에 있던 아이들이 슬금슬금 뒷걸음질을 쳤다. 두세 걸음 떨어진 곳에 있던 수리치만 제자리를 지켰다. 나리아는 수리치와 눈이 마주쳤다. 수리치는 평소와 달리 눈길을 피하지도, 고개를 돌리지도 않았다. 다만 나리아를 뚫어질 듯 바라봤고, 핏줄이 튀어나올 만큼 세게 움켜쥔 왼손을 부들부들 떨고 있었다. 웅성대는 소리가 커져서 나리아는 정신이 나갈 지경이다. 모든 눈동자가 자신을 향하고 있다. 그때 가리온이 자리에서 일어났다. 그의 눈썹이 살아 있기라도 한 듯 꿈틀댔다. 가리온이 단상을 내려오며 말했다.

"몇 해 동안 잠잠해서 더 이상 기대를 하지 않았는데 뜻밖의 선물이 나타났습니다."

가리온은 곧장 나리아에게 왔고, 두 손으로 나리아의 어깨를 붙들었다. 나리아는 흠칫 놀랐다. 어깨에 쇠고랑을 얹은 기분이다. 나리아가 뭐라고 하기도 전에 가리온이 선포하듯 외쳤다.

"올해의 아이입니다."

사람들은 정신이 번쩍 든 얼굴로 손바닥을 마주쳤다. 아이들도 따라했다. 그 애들은 자신의 행동을 이해하지 못한 채 기계적으로 움직였다. 얼굴은 엄청 어려운 문제를 마주했을 때랑 비슷하다. 수리치는 조금 다르다. 다른 사람들과 똑같이 손바닥을 마주쳤지만, 붉게 달아오른 얼굴엔 쓸쓸한 미소가 머물렀다. 나리아에게는 분명 그렇게 보였다. 그때 가리온이 나리아의 어깨를 움켜잡았다.

"너는 특별한 아이다."

나리아는 가리온을 올려다봤다.

"뭐, 뭐라고 하셨어요?"

가리온이 속삭이듯 말했다.

"특별한 아이."

나리아는 두려웠다. '특별하다'는 건 '이상하다'는 말과 같은 건지도 모른다. 나리아는 어깨를 움츠리며 목소리를 쥐어짰다.

"어째서요?"

가리온은 나리아의 단발머리를 말아 쥐었다.

"이게 그 증거이지."

가느다란 손에 말린 머리끝이 새하얗다. 원래 나리아의 머리는 어깨 근처까지 오는 단발로 짙은 검은색이다. 하지만 지금은 아래쪽 손가락 한 마디 정도가 하얗게 변했다. 나리아는 손으로 입을 막아 비명을 삼켰다. 하얀 머리칼이 타 버린 재 같았다. 나리아는 조심스럽게 손가락 끝으로 머리칼을 비볐다. 사각거리는 소리가 귓속을 파고든다. 나리아는 정신을 가다듬고 뉴로콘으로 '올해의 아이'에 대한 정보를 검색했다. 하지만 가리온이 더 빨랐다. 그가 큰 소리로 말했다.

"올해의 아이는 특별한 존재입니다. 올해의 아이는 직무평가에서 제외되고, 모든 규칙에서 예외가 적용됩니다. 올해의 아이는 이 시각 이후 바론에서 지내며, 바론과 우리 모두를 위한 일을 하게 됩니다."

뉴로콘에서 정보검색을 완료했다는 신호가 들어왔다. 내용은 가리온이 말한 그대로다.

공증식을 통해 드물게 나타나는 '올해의 아이'는 특별한 능력을 지녔기에 바론과 인류를 위한 일을 하게 된다.

나리아는 혼란스럽다. 하지만 가리온은 아랑곳 않고 나리아를 단상으로 이끌었다. 계단을 오르던 나리아는 휘청했다. 단상 아래

난해한 얼굴의 아이들이 보인다. 그 틈에 수리치도 있다. 수리치의 눈은 자신을 향하고 있다. 그제야 나리아는 정신이 들면서 죄책감을 느꼈다. 지금 자신은 수리치의 자리를 가로채고 있는 거다. 가리온과 함께 단상에 올라야 할 사람은 자신이 아니라 수리치다. 수리치도 그렇게 믿고 있는 게 분명하다. 나리아는 수리치와 자리를 바꾸고 싶다. 하지만 가리온은 나리아를 꼼짝 못 하게 붙들었다. 나리아는 그 힘에 이끌려 탁자 앞까지 갔다. 가리온은 모두가 보는 앞에서 탁자에 놓인 황금색 버튼을 가리켰다.

"오늘은 네가 주인공이다. 누르렴."

단상에서 내려다보는 광장은 아찔하다. 바람이 불면 모든 게 허공으로 날아갈 것만 같다. 나리아는 부들부들 떨었다. 가리온이 나리아의 손을 잡아다 버튼 위에 올렸다. 나리아는 침을 삼켰다. 목구멍으로 넘어가는 침의 양이 많아서 깜짝 놀랐다. 자신을 올려다보고 있는 수리치의 모습이 도드라져 보였다.

'뭔가 잘못됐어.'

그때 가리온이 나리아의 손등을 눌렀다. 나리아는 버튼이 내려가는 걸 느끼며 눈을 감았다. 머리 위에서 공기를 흔드는 굉음이 터졌다.

콰과과 쾅-.

가리온이 부축하지 않았다면 나리아는 그 자리에 주저앉았을 거다. 눈을 떠 보니 탑 꼭대기가 형형색색으로 물들었다. 불꽃이다. 나리아는 멍한 눈으로 하늘을 올려다봤다.

공중식이 끝나면 다른 삶을 살 거라 생각했다. 하지만 이런 삶을 꿈꾸진 않았다. 어쩌면 수리치처럼 되기를 꿈꾼 적이 한 번 정도는 있을지 모른다. 하지만 그의 자리를 차지하고 싶지는 않았다. 아이들과 관리자들에게 인정받고 싶다는 생각을 한 적도 있을 거다. 하지만 그들을 놀라게 하고 싶지는 않았다. 나리아는 그동안 하지 않으려던 일들을 한꺼번에 해 버린 기분이다. 하늘을 놀라게 하는 불꽃만큼이나 자신이 엉뚱하게 여겨졌다. 어둠을 밝히는 불꽃은 황홀하면서도 두렵다. 마치 자신의 앞날에 대한 예고 같다. 나리아의 까만 눈동자 속에서 불꽃은 쉴 새 없이 쏟아졌다.

특별한 아이

그날부터 나리아는 바론에 머물렀고, 사흘 동안 메디컬 룸에서 검사를 받았다. 새로운 방으로 옮겨 온 건 어젯밤이다.

누운 채로 요람의 천장을 쓸어 보던 나리아는 흠칫 놀라 손을 거뒀다. 붉은 융단은 생각보다 부드럽다. 나리아의 기상을 인식했는지 요람이 살짝 벌어졌다. 나리아는 요람이 조개마냥 벌어지는 걸 가만히 지켜봤다.

타리타움으로 돌아가던 아이들이 생각났다. 나리아는 이렇게 빨리 혼자가 될 줄은 생각도 못 했다. 그 날의 혼란과 당황스러움은 나리아에게만 속했다. 사람들은 금세 무표정한 얼굴이 되어 제 갈 길을 찾아 흩어졌다. 나리아는 일사분란하게 움직이는 군중 속에서 자신이 얼마나 이질적으로 느껴졌는지 생각하며 몸서리쳤다. 그사이 요람 뚜껑이 완전히 열렸다. 나리아는 똑바로 앉아 방 안을 둘러봤다.

방은 타리타움에서 쓰던 것보다 3배 정도 크다. 벽에는 수십 개에 달하는 직선 홈들이 어지럽게 널려 있다. 선들로 나뉜 면은 각각의 독립된 서랍이다. 나리아는 거기에 손대지 않았다. 아직은 자신이 손님 같은 거라고 생각했다. 하지만 요람만큼은 저절로 손이 갔다. 길쭉한 캡슐 모양의 요람은 매끄러운 진줏빛이다. 실제로 표면도 진주처럼 부드럽다. 타리타움에서 쓰던 메탈 요람과는 확실히 다르다. 진줏빛 요람은 아늑하고 아름답다. 이런 표현을 어디서 배웠는지는 모른다. 다만 처음부터 알고 있는 느낌이다. 요람은 인공 산실을 떠올릴 만큼 따스했다. 인공 산실에 대한 기억은 태어나기 전의 일이니 기억이 아니라 상상이 분명하다. 하지만 그때를 상상하면 완벽하게 보호 받는 기분이 든다. 나리아는 요람을 좀 더 살폈다. 다양한 기능이 탑재되어 있는 듯한데 나리아가 확인한 건 공기 질과 램프 조절, 천장에 장착된 디스플레이 창이 전부다. 그중에서 나리아의 눈길을 끈 건 요람에 이름을 새길 수 있는 네이밍 기능이다.

"이게 내 거라면……."

나리아는 곧바로 고개를 저었다.

"정신 차려. 이게 내 거일 리 없어."

그때 나리아 발밑에 파란빛의 둥근 테두리가 생기면서 단조로운 기계음이 흘러나왔다.

"신체리듬을 점검합니다. 확인이 끝날 때까지 움직이지 마십시오."

신체리듬 확인은 메디컬 룸에서도 반복적으로 겪은 일이다. 나리아는 아픈 사람 취급 받는 게 마뜩잖았지만 절차라는 말에 순순히 응했다. 나리아는 제자리에 서서 천장을 쳐다봤다. 일정한 간격으로 늘어선 매립등 몇 군데는 불이 꺼져 있다.

'고장일까?'

하지만 여긴 바론이다. 바론에서 사소한 고장을 방치하는 일 같은 게 일어날 리 없다. 그때 신체리듬을 알리는 기계음이 들렸다.

"나리아 N30875의 신체리듬은 미세한 긴장 상태입니다. 호흡을 편하게 하시길 권합니다."

메디컬 룸에서도 그랬지만, 검사 결과마다 나리아에게 요구되는 건 마음을 편하게 하라는 거다. 그게 왜 그렇게 중요한지는 모르지만 나리아는 시키는 대로 호흡을 가다듬었다. 그때 문이 열리면서 사람들이 나타났다. 맨 처음 들어온 사람은 가리온이다. 그 뒤로 연구복 차림의 남자들이 줄 맞춰 들어왔는데, 끝 쪽에 수리치가 있다. 나리아는 하마터면 수리치의 이름을 부를 뻔했다. 아는 얼굴을 본다는 게 그만큼 반가웠다. 하지만 수리치가 먼저 나리아를 모르는 척했다. 나리아는 입술을 깨물며 얼굴을 돌렸다.

가리온은 점등식 때와 달리 흰색 수트 차림이다. 빳빳하게 세워진 옷깃은 네모난 얼굴과 딱 맞아떨어졌다. 왼쪽 가슴에는 바론 탑의 모습을 본 뜬 황금색 엠블럼을 달고 있다. 엠블럼은 바론의 대행자임을 알리는 상징이다.

가리온은 생각보다 젊다. 나리아는 가리온의 나이를 짐작해 보려다 말았다. 중년이 넘으면 누구나 얼굴 변형을 막는 시술을 받는다. 늙어서 노쇠한 육체는 죽음을 떠올리게 했다. 바론에서는 죽음이 금기어다. 사람들은 죽음이 가까이 있는 걸 보고 싶어 하지 않는다. 자신이 언제 죽을지 아는 사람도 없다. 다만 죽음이 태어나는 것과 마찬가지로 순차적으로 진행되는 것만 알면 된다. 그러니 사는 동안 죽음을 인식하는 건 쓸모없는 짓이다. 가리온이 가지런한 이를 보이며 물었다.

"기분은 좀 어떠니?"

행사 때와 달리 가느다란 목소리다. 얼굴엔 표정도 있다. 그것이 꾸며낸 것인지 아닌지는 알 수 없다. 나리아는 떨리는 목소리로 대답했다.

"아직은 잘 모르겠어요. 그런데, 목소리가 다르시네요?"

가리온이 별거 아니라는 듯 말했다.

"공식 행사 때는 음성을 변조하지. 대중이 좋아하는 목소리로 말이야."

연구원들이 고개를 끄덕이는 걸 보니 음성변조가 당연한 모양이다. 가리온은 나리아의 어깨를 감싸며 요람에 앉혔다. 다른 사람에게 이런 대접을 받는 것이 처음이라 당황스럽다. 가리온이 한쪽 팔을 허공에 휘두르며 말했다.

"이제부터 여기가 네 방이다."

나리아의 눈이 동그래졌다.

"제 방이요?"

"네가 싫다고 하지만 않으면."

나리아는 요람을 돌아보며 말했다.

"아, 아니요. 조, 좋아요."

"그래야지, 너는 특별한 아이니까."

가리온이 나리아의 어깨를 토닥였다. 나리아는 몸을 움츠렸다. 가리온이 벽을 턱짓하며 물었다.

"서랍들은 열어 봤니?"

나리아는 고개를 저었다.

"전부 네 마음대로 해도 된다."

모든 것이 너무 갑작스럽다. 나리아는 몸을 비틀어 가리온의 손을 떨쳐 냈다.

"그래도 되는지 모르겠어요."

가리온이 손끝으로 나리아의 턱을 들어올렸다.

"이 요람도 네 거다. 타리타움에서 쓰던 것보다 훨씬 좋지?"

나리아는 얼굴을 붉혔다.

가리온이 요람에서 일어서며 손바닥을 '짝' 소리 나게 마주 잡았다.

"걱정할 건 하나도 없다. 이건 올해의 아이에게 적용되는 규칙에 의한 거야. 오래전부터 정해진 규칙. 이해하지?"

규칙이라면 거부할 이유가 없다. 자신이 '올해의 아이'라는 게 납득만 된다면 말이다. 나리아는 수리치를 쳐다봤다. 수리치는 다른 연구원들과 마찬가지로 무표정한 얼굴이다. 수리치라는 이름이 새겨진 옷을 입은 걸 보니 직무평가에서 바론의 연구원으로 배정된 모양이다. 바론에서 일하는 사람들이 뛰어난 인재라는 건 누구나 알고 있다. 그러니 수리치가 바론에 배정된 건 당연한 결과다. 하지만 나리아는 아직도 자신이 수리치의 자리를 가로챈 기분이다. 나리아가 망설이자 가리온이 손바닥을 비비며 말했다.

"생각보다 소심하군. 너는 충분히 그럴 만한 자격이 있다."

"저한테 어떤 자격이 있나요?"

가리온의 입꼬리가 올라갔다.

"이런 걸 받을 자격이지. 너는 모두가 보는 앞에서 특별한 아이라는 걸 증명했다. 네 머리칼이 바로 그 증거고."

나리아는 제 머리칼을 내려다봤다.

"머리가 이렇게 된 건, 그 액체 때문이죠?"

파란 액체가 아니라면 머리색이 변한 이유가 설명되지 않았다. 하지만 똑같이 먹었는데 왜 자신만 달라졌냐는 거다. 가리온이 뒷짐을 지며 말했다.

"공중식이 공개적으로 치러지는 이유를 생각해 본 적 있나? 그건 올해의 아이를 모두가 보는 앞에서 공식적으로 인정하기 위함이다. 공중식에 참석한 아이들이 먹은 액체는 아주 특별한 힘에만 작용하는 시약이다. 그 시약은 15세 이전의 아이들에게는 별 효과가 없지. 열다섯에 공중식을 하는 건 그래서다. 시약에 네 머리칼이 반응한 건, 네 안에 특별한 힘이 있다는 뜻이기도 하다. 물론 특별한 힘에 대한 신체 반응은 올해의 아이마다 다르게 나타나지. 어떤 아이는 눈동자 색이 바뀐 적도 있고, 또……."

가리온이 기억을 더듬자 연구원 중 한 명이 대답했다.

"피부가 초록색이 된 경우도 있습니다."

가리온이 낄낄거리며 맞장구를 쳤다.

"그래, 피부색이 변했지. 나뭇잎처럼."

나리아가 쳐다보자 가리온은 얼굴빛을 진지하게 했다.

"하지만 모든 아이가 특별하지는 않다. 너도 봤지? 너 말고 다른 아이들은 아무렇지도 않은 걸. 너는 그런 아이들과 달라. 아주 특별하고, 중요하지. 그러니 지금 네가 받는 걸 의심할 필요는 없다."

나리아는 수리치를 곁눈질했다.

"그러니까, 그 액체가 제 몸에 있는 어떤 것에 반응을 했고, 그 때문에 머리색이 변했다는 거죠? 그런데 왜 저만 그런 반응이 나타났는지는 여전히 모르겠어요."

"너는 생각이 많군. 네 말대로 그 액체는 네 몸속에 있는, 그러니까 일종의 스위치를 작동시킨 거다. 하지만 모두가 스위치를 가진 건 아니야. 너처럼 태어나기 전부터 스위치를 가진 아이들이 있지. 솔직히 말하면 액체는 그 스위치에만 작동을 하게 되어 있지. 그래서 네가 특별한 거다. 남들에겐 없는 걸 타고난 거니까."

가리온의 말은 뭔가 아리송하다. 나리아는 가리온의 얼굴을 살피며 물었다.

"그러니까, 그게, 나쁜 건 아니죠?"

가리온이 피식 웃으며 말했다.

"그런 걱정을 하고 있었군. 오히려 그 반대다. 아주 좋은 거지."

그제야 나리아도 마음이 놓였다. 나리아는 수리치에게 알려 주고 싶었다. 자신이 일부러 수리치의 자리를 뺏은 것이 아니며, 올해의 아이가 되고 싶어 한 적이 없다는 걸. 얼핏 보니 수리치는 주머니에서 뭔가를 만지작거리고 있다. 나리아는 수리치의 주위를 끌기 위해 다시 물었다.

"그런데 제 안에 있다는 특별한 힘이 뭔가요?"

가리온은 매끈한 턱을 손바닥으로 문질렀다.

"여기 연구원들이 그걸 찾도록 도와줄 거다."

가리온이 고개를 까닥이자 연구원들이 다가왔다.

"그럼 이제 간단한 환영식을 해 볼까?"

가리온의 말에 덩치 큰 연구원이 앞으로 나섰고, 그 옆에 수리치가 붙어 섰다. 수리치는 긴장한 티를 억지로 감추고 있는 모습이다. 그때 가리온이 수리치의 등을 두드렸다.

"자, 어서 끝내자고."

가리온이 나리아를 보며 말했다.

"이제 네 몸에 또 다른 뉴로콘을 하나 넣을 거다. 너라는 걸 증명하는 일종의 인식 장치지. 물론 태어날 때 이식되는 것과는 다른 거다. 이건 바론에서 생활하는 모든 사람에게 적용되는 규칙이다. 그래야만 어디든 마음대로 다닐 수가 있거든. 이해하지?"

나리아는 얼떨결에 고개를 끄덕였다.

바론이 아무나 드나들 수 있는 곳이 아니라는 건 알았다. 하지만 이런 절차가 필요한지는 몰랐다. 가리온이 손을 까딱이자 연구원들이 분주하게 움직였다. 누군가 막대기처럼 생긴 스캔 장치를 나리아의 몸에 갖다 댔다. 그러자 다른 한 명이 디스플레이에 스캔된 정보를 가리온에게 보였다. 가리온이 고개를 끄덕이자 다른 두 명이 나리아를 요람에 눕히고 몸을 고정시켰다. 그들은 나리아의 왼쪽 팔을 덮고 있는 옷자락을 능숙하게 잘라 냈다. 찢어진 옷자락 사이로 맨살이 드러났다. 모든 게 순식간에 벌어졌다. 나리아는 겁에 질린 표정으로 수리치를 쳐다봤다. 수리치는 붉게 상기된 얼굴로 침을 삼켰다. 그때 가리온이 나리아의 가슴께를 토닥였다.

"금방 끝날 거다. 통증이 있지만 순식간이라 견딜 만하지."

곧이어 수리치가 주머니에서 만지작거리던 걸 꺼냈다. 그때 나풀거리는 게 딸려 나와 바닥에 떨어졌다. 그건 요람에 누워 있는 나리아만 볼 수 있었다. 수리치는 상자의 봉인을 벗겨 내고 납작한 막대를 꺼내 덩치가 큰 연구원에게 건넸다. 덩치 큰 연구원은 한쪽 손으로 나리아의 팔을 붙잡았다. 남자의 손은 축축하고 뜨겁다. 가리온이 그에게 눈짓하는 걸 보며 나라아는 눈을 감았다. 자신이 겁먹고 있다는 걸 들키고 싶지 않았다. 잠시 뒤, 차가운 금속이 팔뚝에 닿더니 뾰족한 것이 피부를 뚫고 들어왔다. 통증이 팔뚝을 타고 가슴까지 전해졌다.

"헉."

나리아는 눈꺼풀에 힘을 주며 숨을 들이켰다. 잠시 뒤 귓가에 뜨거운 입김이 닿았다.

"바론의 일원이 된 걸 환영한다."

눈을 뜨니 가리온이 몸을 일으키는 게 보였다. 몸을 고정하던 장치는 어느새 풀려 있다. 연구원들은 가리온 뒤로 질서정연하게 서고, 수리치는 상자를 도로 주머니에 넣었다. 나리아는 통증이 사라진 가슴을 문질렀다. 가리온이 말했다.

"오늘은 푹 쉬어라. 천천히 방도 둘러보고. 참, 옷도 갈아입어야겠군."

나리아는 찢어진 옷자락을 여며 팔뚝을 감쌌다. 가리온이 연구원들에게 말했다.

"그만 돌아가지."

연구원들은 둘로 갈라서며 가리온이 지나갈 자리를 텄다. 수리치는 맨 뒤에 서서 가리온을 따라갔다. 그때 바닥에 떨어진 게 생각났다. 나리아는 그걸 주우며 말했다.

"저기……."

마지막으로 일행을 따라가던 수리치가 돌아섰다.

지켜보는 눈들

"이거 떨어뜨렸어."

나리아가 얇은 종이 띠를 들어 보이자, 수리치는 닫히는 문과 나리아를 번갈아 보더니 재빨리 다가왔다. 곧이어 수리치의 등 뒤로 문이 닫혔다. 수리치의 얼굴엔 당황한 빛이 역력하다.

"저기, 흠, 그러니까, 이게…… 어쨌든 고마워."

수리치의 모습은 가리온만큼이나 낯설다. 나리아는 어깨를 으쓱이며 종이를 내밀었다.

"중요한 건가 봐?"

수리치는 종이를 받고 망설이더니 도로 나리아 손에 쥐어 주었다. 나리아의 손을 만질 때는 움찔거리기까지 했다.

"네게 주려던 거야."

나리아가 손을 펼치려 하자 수리치가 막았다.

"아니, 나중에, 이따 밤에. 요람 안에서 보면 좋겠어."

나리아는 손을 오므리며 말했다.

"그래, 그럴게."

수리치가 근사하게 웃는 바람에 나리아는 깜짝 놀랐다. 뜬금없이 심장이 쿵쾅댔다. 나리아는 헛기침을 하며 주먹 쥔 손을 내려다봤다. 어쩐지 수리치가 달라진 느낌이다. 그전까지는 다른 아이들과 조금 다른 정도였는데, 지금은 그 아이들과 전혀 달랐다. 심지어 자신과 비슷하다는 생각마저 든다. 이런 느낌은 정말이지 너무나 낯설다. 수리치가 자신을 뚫어지게 보는 것도 낯설다. 나리아는 수리치 앞에 벌거벗은 채로 서 있는 기분이다. 타인에게 이런 감정을 갖는 건 처음이다. 하지만 싫은 건 아니다. 그보다 가슴 한복판이 두근대면서 몸 전체에 부드러운 떨림이 번졌다. 그 때문에 발이 바닥에 닿지 않고 허공에 떠 있는 느낌이다. 나리아는 수리치와 좀 더 같이 있고 싶었다. 그래서 낯설고도 신기한 기분을 더 오래 느끼고 싶었다. 나리아는 머뭇거리며 말했다.

"종이는 다 사라진 줄 알았어."

"우연히 발견한 거야. 아주 오래전 물건이라 갖고 있었어."

"나도 구식을 좋아해."

나리아는 얼떨결에 수리치와 눈이 마주쳤다. 수리치는 엷은 미소를 지었다. 얼굴이 해처럼 환하다. 나리아는 혀로 입술을 적셨다. 이상한 기분이 드는 건 단 둘만 있어서 그럴지도 모른다. 아니면 일반적이지 않은 대화가 처음이라 그럴 수도 있다. 또는 수리치가 그전과 다르기 때문인지도 모른다. 수리치의 얼굴, 표정, 목소리엔 어떤 감정이 실려 있다. 나리아는 직감적으로 느꼈다. 하지만 그게 무슨 감정인지는 알지 못했다. 그때 수리치가 말했다.

"그럴 줄 알았어."

"무슨 소리야?"

나리아의 얼굴이 굳었다. 수리치는 당황한 얼굴로 변명했다.

"아, 아니. 혼잣말한다는 게 그만."

나리아는 피식 웃음이 났다.

"괜찮아. 나는 원래 이상한 애잖아."

"그런 뜻이 아닌데……."

나리아는 수리치를 힐끗 보고 말했다.

"너 좀 달라진 거 같아."

수리치가 머뭇머뭇 말했다.

"음, 저기, 그러니까. 맞아. 나도 느끼고 있어. 하지만 지금은 얘기하기 좀 그래. 다음에, 다음에 설명해 줄게."

잠시 침묵이 흘렀다. 나리아는 자신이 올해의 아이가 된 것에 대해 해명하고 싶었다. 하지만 어떻게 말을 꺼내야 할지 몰랐다.

잘못 얘기했다가는 더 큰 오해를 만들지도 모른다. 나리아는 어렵게 입을 뗐다.

"저기……."

그와 동시에 수리치가 요람을 가리키며 말했다.

"정말 좋지?"

나리아는 요람을 돌아봤다.

"으, 으응. 하지만 아직 사용법을 다 알지는 못해."

나리아가 요람 표면을 만지작거리자 수리치가 물었다.

"궁금한 거 있으면 말해. 도와줄게."

나리아는 요람을 훑어보고 버튼 하나를 가리켰다.

"여기에 이름을 넣고 싶은데, 괜찮을까?"

수리치는 요람으로 성큼성큼 다가왔다.

"그 정도는 문제없을 거야."

수리치는 조작부를 덮고 있던 뚜껑을 열어 노란색 단추를 눌렀다. 요람에서 단조로운 기계음이 들렸다.

"네이밍을 시작합니다."

수리치는 말없이 단추들을 조작했다. 나리아는 수리치가 하는 걸 조용히 지켜봤다.

"다른 아이들은 이걸 혼자 했을까?"

수리치가 어리둥절한 얼굴로 돌아봤다.

"다른 아이라니?"

"올해의 아이 말이야. 예전에도 있다고 했잖아. 그 애들도 이런 방에서 지내니?"

수리치는 조작부로 시선을 돌리며 대답했다.

"바론에 들어온 지 얼마 되지 않아서 거기까진 몰라. 참, 나는 가리온의 수행 연구원이야."

"그렇구나. 그런데 그 애들 말이야, 나중에 만날 수는 있겠지?"

"아마도."

잠시 뒤 수리치가 조작부를 가리키며 말했다.

"직접 해 볼래?"

수리치가 가리킨 화면에는 이름을 입력하라는 메시지가 떠있다. 나리아는 수리치가 시키는 대로 이름을 입력했다. 수리치가 마지막으로 붉은색 단추를 누르자 요람 표면에 징- 하는 진동음이 울렸다. 곧이어 진줏빛 표면에 나리아의 이름이 음각으로 새겨졌다. 나리아는 손끝으로 글자를 쓰다듬었다. 글자에서 미세한 열기가 느껴졌다. 그때 수리치의 귓가에서 진동음이 났다. 수리치가 머뭇거리며 말했다.

"저, 그럼, 나는 이제 정말로 가 봐야 할 것 같아. 호출 신호가 들어와서."

나리아는 요람에서 손을 떼며 말했다.

"아. 그래. 고마웠어."

수리치는 나리아를 마주한 채 뒷걸음쳤다. 그러더니 어느 순간 돌아서서 밖으로 나갔다. 수리치가 너무 서두르는 바람에 나리아는 조금 미안했다. 어쩌면 그의 시간을 너무 뺏은지도 모른다. 나리아는 어깨를 으쓱이며 수리치가 사라진 문을 바라봤다. 결국 하고 싶은 얘기는 하지 못했다. 나리아는 손에 쥔 종이를 펼쳐 볼까 했다. 하지만 요람 안에서 보라던 수리치의 당부가 떠올랐다. 나리아는 종이를 그대로 주머니에 넣고 방 안을 둘러봤다. 바로 그때 불이 꺼진 천장 매립등에 빛이 반짝였다 꺼졌다.

나리아는 수리치가 사라진 문 쪽으로 걸음을 옮겼다. 문은 열리지 않았다. 가리온이나 수리치가 드나들 때는 자동문 같았는데, 나리아에게는 열리지 않았다. 나리아는 문 앞에 서서 팔을 이리저리 흔들었다. 움직임을 포착하는 센서가 달려 있을 수 있다. 하지만 문은 여전히 꿈쩍하지 않았다. 나리아는 찢어진 옷자락을 여미며 팔을 내렸다. 팔뚝이 접히는 지점에 주사 자국 같은 게 희미하게 남아 있다. 나리아는 손가락으로 자국을 문질렀다. 아무 느낌도 나지 않는다. 이번엔 힘주어 꾹 눌렀다. 역시 아무런 느낌이 없다. 팔뚝에 넣었다는 뉴로콘은 귀 뒤에 이식된 것과는 종류가 다른 모양이었다. 가리온은 바론에서 생활하려면 그게 꼭 필요하다고 했다. 나리아는 굳게 닫힌 문을 바라보며 중얼거렸다.

"뉴로콘이 작동하려면 시간이 걸리는지도 모르지."

나리아는 손바닥으로 팔뚝을 문질렀다. 옷이 찢어진 탓에 추위가 느껴졌다. 나리아는 서랍이 있는 벽으로 갔다. 제각기 다른 크기로 나뉜 벽에 손을 대자 서랍이 밀려 나왔다. 옷이 들어 있는 서랍은 바닥 쪽에 있다. 나리아는 새 옷을 요람에 걸쳐 놓고 옷을 벗었다. 나리아는 알몸인 채로 방금 벗은 옷을 품에 안았다. 옷에 남아 있는 온도가 확실히 낮다. 옷의 조직이 훼손되면서 적정 온도를 유지하는 신체 보호 기능도 사라진 거다. 나리아는 팔뚝이 찢어진 옷을 폐기물 서랍에 넣고 새 옷으로 갈아입었다.

나리아의 모습은 천장 매립등 속에 설치된 카메라를 통해 모니터실로 전해졌다. 불 꺼진 매립등 속에 카메라가 숨겨져 있다는 사실을 나리아는 까맣게 몰랐다.

나리아는 갑자기 생긴 여유를 어떻게 써야 할지 막막했다. 타리타움에서는 학습과 평가로 이어지는 일과로 빠듯했다. 공증식을 마친 아이들은 수리치처럼 어딘가에 배정되어 바쁜 일정을 보내고 있을 거다. 그런 생활이 부러운 건 아니다. 다만 아무것도 하지 않고 기다리는 시간이 어색하고 익숙지 않을 뿐이다.

나리아는 말끔한 방을 둘러보며 특별하다는 것에 대해 생각했다. 아직까지는 그게 좋은 의미인지 나쁜 의미인지, 아니면 그 둘 다인지 알 수 없다. 그러다 문득 수리치의 얼굴이 떠올랐다. 수리치를 떠올리자 가슴이 두근거렸다. 나리아는 바론에서 수리치를 만난 게 좋은 징조라 여겨졌다.

"걱정할 거 없어. 다들 내게 잘해 주잖아."

특별하다는 게 나쁜 거라면 좋은 방과 좋은 물건들을 줄 리 없다. 나리아는 요람을 돌아봤다. 눈앞에 있는 요람처럼 근사한 일들이 펼쳐질 것 같다. 그때 갑자기 가슴이 뜨거웠다. 마치 몸에 불이 붙는 것처럼. 나리아는 가슴을 감싸며 바닥에 주저앉았다.

"왜 이러지?"

문 쪽을 바라봤지만 도와주러 오는 사람은 없다. 몸을 태울 것 같은 통증은 점점 더 심해졌다. 나리아는 무릎을 꿇은 채로 바닥에 머리를 댔다. 다음 순간 통증이 감쪽같이 사라졌다. 너무 멀쩡해서 이마에 맺힌 식은땀이 오히려 거짓말 같다. 나리아는 손등으로 이마를 훔쳤다. 그리고 바닥에서 천천히 일어났다. 그때 눈앞에 그림이 스쳤다. 나리아는 눈을 비볐다. 헛것을 본 게 아니다. 정말로 그림 같은 게 허공에 떠 있다. 아니, 그림이라기보다는 홀로그램에 가까운 영상이다. 커다란 나무가 있고 그 아래 반짝이는 불빛들이 모여 있는 영상. 나리아는 그것이 공중을 떠다니는 글자 같은 거라고 생각했다. 하지만 글자 대신 그림을 보는 건 처음이다. 시스템이 불안한지 영상이 흐릿하고 일부는 깨져 보였다. 나리아는 영상 가운데에 있는 나무를 유심히 바라봤다. 커다란 나무가 2겹 3겹 겹쳐져 있다. 이렇게 커다란 나무는 본 적이 없다. 커다란 나무들은 바론을 건설할 때 뿌리째 뽑혀 바다에 버려졌다. 나무의 뿌리가 건물의 하단부와 기둥의 유압장치에 변형을 줄 수 있다고 판단됐기 때문이다. 산소를 발생시키는 나무의 호흡은 기술화된지 오래다. 그러니 나무가 없다고 인간이 살아가지 못할 이유는 없다. 영상이 점점 더 흐릿해졌다. 그리고 나리아가 다가서는 만큼 멀어졌다. 나리아는 팔을 앞으로 뻗은 채 영상을 쫓았다. 그 모습 역시 카메라를 통해 모니터실로 전해졌다. 모니터를 지켜보던 연구원이 말했다.

"행동이 포착되었다."

다른 연구원이 말했다.

"무슨 짓이지?"

또 다른 연구원이 말했다.

"그걸 파악하는 건 우리 임무가 아니다."

그러자 처음 연구원이 말했다.

"가리온 님께 브레이커의 반응이 나타났다고 보고해."

그 말에 모니터실에 있던 연구원들이 일사분란하게 움직였다.

사라지는 나리아

수리치는 가리온을 따라 모니터실로 갔다.

가리온이 나타나자 연구원들이 의자에서 일어나 자리를 내주었다. 가리온은 턱을 만지작거리며 모니터를 바라봤다. 나리아는 아무것도 없는 허공을 향해 팔을 내젓고 있는 중이다. 모니터실 연구원이 말했다.

"반응이 나타난 것 같습니다."

가리온은 모니터에서 눈을 떼지 않은 채 대답했다.

"그런 거 같군. 다른 증상은?"

"없습니다."

"얼마나 됐지?"

연구원은 모니터의 숫자를 확인하며 말했다.

"20분째입니다."

"생각보다 반응은 빠르군. 아직 위험해 보이진 않아. 그래도 다들 방심하지 말도록. 브레이커의 힘이 어떤 식으로 발전할지는 모르는 일이다."

수리치는 머릿속이 멍하다.

'브레이커? 파괴자라고?'

이 사람들은 나리아를 그렇게 불렀다. 분위기가 심상치 않다. 수리치는 숨죽인 채 사람들의 행동을 지켜봤다. 함께 온 수행 연구원이 목소리를 낮추며 물었다.

"다음 임무를 주십시오."

가리온이 연구원을 향해 돌아섰다.

"증상이 나타난 이상 주저할 이유는 없다. 최종 검사를 마치는 대로 처리해. 저 아이가 눈치채기 전에."

수리치는 모니터를 바라봤다. 나리아는 아직도 뭔가를 쫓아 방을 돌고 있다. 나리아의 눈에는 그 뭔가가 보이는 게 분명하다. 위협적인 행동은 아니다. 하지만 가리온과 연구원들은 나리아를 괴물 보듯 했다. 그것도 아주 위험하고 치명적인 괴물로. 수리치는 브레이커에 대한 교육 내용을 떠올렸다.

브레이커들이 처음 나타난 건 20년 전이다. 그건 유전자가 변종된 바이러스다. 그들은 바론의 시스템으로 통제할 수 없는 힘을 지녔고, 그 힘으로 시스템을 교란시킬 수 있다. 통제되지 않는 힘은 위험하다. 그들이 작정하고 도시를 전복하려 든다면 도시는 바다로 처박힐 거라고 했다. 또 그들이 의지를 갖고 숨는다면 바론조차 감지할 수 없다고 했다. 최초의 브레이커를 잡는 데는 5년의 시간이 걸렸다는 소문도 있다. 교육을 담당했던 관리자는 마지막으로 이렇게 말했다.

"모든 브레이커는 모르스다."

그때는 관리자의 말이 터무니없다고 생각했다. 모르스가 그만큼 위험하다는 걸 설명하기 위해 만들어진 얘기라고도 생각했다. 바론시의 시스템은 일원화되어 있어서, 거기에 속하지 않으면 누구도 생존할 수 없다. 당장 살아가는 의식주를 해결하는 것 역시 마찬가지다. 그런 상황에서, 그것도 바다에 떠 있는 도시에서 5년 넘게 숨어 산다는 건 불가능하다. 하지만 그 불가능한 존재라고 생각했던 브레이커가 지금 눈앞에 있다. 게다가 다른 누구도 아닌 나리아다. 수리치는 생각을 정리했다.

나리아는 조금 전까지 '올해의 아이'였다. 그런데 불과 몇 십 분 만에 '브레이커'로 불리고 있다. 그렇다면 '올해의 아이'를 가려내기 위해 공개적으로 열린다는 공증식은 실제로 브레이커를 걸러내기 위한 거다. 교육 내용에는 브레이커들이 이상한 증상을 보이는 것이 15세 이후라고 했다. 수리치는 그제야 모든 게 들어맞는 느낌이다. 관리인이 말했던 '브레이커'가 바로 '올해의 아이'다. 수리치는 입안이 바짝바짝 타들어 갔다. 그리고 아무도 모르게 왼손을 움켜쥐었다. 얼마나 세게 쥐었는지 손톱이 손바닥을 찔렀다.

공증식을 치르던 날, 파란 액체를 먹은 수리치는 가슴이 빼근했다. 그 느낌은 왼손으로 전해졌고, 손가락 끝에 지금까지 경험하지 못한 통증이 몰려들었다. 수리치는 자신의 손톱이 시뻘건 빛으로 물드는 걸 봤다. 마치 손톱마다 전등이 켜지는 것 같았다. 그 순간 사람들이 웅성이고, 모두 나리아를 바라봤다. 나리아는 순식간에 '올해의 아이'로 지목됐다. 수리치는 주먹을 더 꽉 쥐었다. 자신이 왜 그랬는지는 모른다. 다만, 나중에 생각해 보니 나리아가 잘됐으면 하는 바람이 있었다는 걸 알았다. 그리고 나리아에 대한 감정이 무엇인지도 깨달았다. 수리치는 나리아를 좋아했다. 누군가를 좋아한다는 건 낡고 오래된 감정이다. 쓸모없고 소비적인 감정이다. 바론시가 정착되면서 인간은 더 이상 감정에 휩쓸리지 않았다. 이성이 지배하는 합리적인 사회. 불필요한 감정을 배제시킴으로서 인류의 생존이 가능했다. 감정에 휘둘리는 건 분열을 의미한다. 분열된 사회는 인류의 생존을 위협한다. 하나하나가 전체를 이룬다. 개인은 존재하지 않는다. 인간에게 가장 불필요한 감정은 사랑이다. 수리치는 그렇게 배웠다. 하지만 공증식 이후 나리아를 좋아하는 감정은 확신을 넘어 진실이 됐다. 그래서 나리아가 '올해의 아이'가 된 것이 진심으로 기뻤다. 다행인지 어쩐지 공증식에서 수리치의 변화를 눈치챈 사람은 아무도 없다. 수리치는 나리아가 온전히 '올해의 아이'가 된 영광을 누리길 바랐다. 그것이 자신이 붉게 물든 손가락을 감춘 이유다. 게다가 손가락은 금세 원래대로 돌아왔기에 자신의 변화를 증명할 길도 없다. 하지만 나리아는 다르다. 은색으로 변한 나리아의 머리칼은 시간이 지나도 변하지 않았다. 그러니 나리아야말로 '올해의 아이'가 되기에 충분하다. 수리치는 나리아가 올해의 아이가 된 것과, 그런 나리아를 좋아하는 자신이 뿌듯했다.

수리치는 마음을 진정시키며 모니터를 봤다. 나리아의 모습은 오랫동안 지켜보던 모습 그대로다. 다른 세계를 꿈꾸는 것 같은 얼굴과, 무슨 생각을 하는지 알 수 없는 눈빛, 작고 도톰한 입술. 나리아의 입술은 언제나 굳게 닫혀 있다. 수리치는 그 입이 말하는 걸 보기 위해 나리아를 훔쳐보곤 했다. 그렇게 훔쳐보는 동안 나리아가 위험하다는 생각은 한 번도 들지 않았다. 나리아에게 가진 감정이 명확해지는 순간 장막이 걷히는 기분이 들었다. 수리치는 공증식 이후 새로 태어났다. 직무평가를 받고 바론으로 배정되었을 때 기뻤던 것 역시 나리아 때문이다. 수리치는 왼손에 일어났던 변화를 들키지 않기 위해 애썼다. 그래서 전보다 훨씬 더 감정 없는 연기를 했다. 바론에 가면 나리아를 만난다는 희망. 그래서 자신의 마음을 전할 수 있을 거라는 희망. 자신이 나리아보다는 못하지만 비슷한 종류의 사람이라는 걸 알릴 수 있다는 희망. 그래서 나리아도 자신을 좋아하게 될지도 모른다는 희망. 그 희망들이 수리치를 단련시켰다. 하지만 그 희망이 이렇게 빨리 물거품이 될 줄은 몰랐다. 수리치는 나리아의 웃는 얼굴을 떠올렸다. 그런 나리아가 모두를 위험에 빠뜨릴 브레이커라는 게 믿기지 않는다. 그때 가리온이 명령했다.

“저 아이를 바론의 방으로 데려와.”

명령은 몇 명의 수행 연구원을 거쳐 수리치에게 전달됐다. 수리치에게 명령을 전달한 연구원이 말했다.

“경비대가 동행할 거다.”

수리치는 얼떨떨한 얼굴로 고개를 끄덕였다.

수리치가 나리아의 방으로 향하는 시각, 나리아는 요람에 앉아 자기가 본 것에 대해 생각했다. 눈앞에 나타난 영상은 나리아가 쫓기를 포기할 때쯤 사라졌다. 뉴로콘 검색으로도 영상과 일치하는 자료는 찾지 못했다. 나리아는 안개 속에 갇힌 기분이다. 그때 문이 열리고 수리치가 들어왔다. 나리아는 때맞춰 찾아온 수리치가 반갑다. 하지만 수리치는 혼자가 아니다. 무장한 경비대 두 명이 수리치 뒤를 바짝 따라왔다. 요람에서 일어서던 나리아는 어정쩡한 자세로 물러섰다. 수리치는 나리아를 자극하지 말라던 명령을 떠올리며 목소리를 가다듬었다.

"신경 쓸 거 없어. 그냥 의례적인 거야."

하지만 나리아의 두려움은 가시지 않았다. 수리치가 웃으며 말했다.

"가리온 님이 바론의 방으로 오라고 하셔."

나리아의 눈이 휘둥그레졌다.

"바론의 방?"

"바론을 만날 거야."

"바론을 본다고?"

수리치는 속이 울렁거렸다. 나리아를 속이는 게 께름칙했고, 생각보다 자신이 거짓말을 잘한다는 사실이 불편하다. 천장에 감춰진 카메라도 수리치의 신경을 자극했다. 거기다 따라온 경비대원들의 눈치도 살펴야 했다. 수리치는 되도록 감정 없는 투로 말했다. 나리아의 눈은 차마 쳐다보지도 못했다.

"이제 가자."

수리치를 따라가며 나리아가 물었다.

"아까 이상한 걸 봤어."

수리치는 돌아보지 않은 채 대꾸했다.

"이상한 거?"

"커다란 나무가 있는 영상인데, 한참 있다 사라졌어. 그게 뭔지 아니?"

수리치는 고개를 저었다. 이 상황이 말도 안 되게 화가 났다. 바론에 들어오기 전까지 나리아와 마주 보고 대화하는 모습을 수백 번도 넘게 상상했다. 하지만 지금 자신은 나리아를 똑바로 보지도 못한다. 나리아를 마주 보는 순간 자신의 입에서 감당할 수 없는 말들이 쏟아질 것 같다. 나리아는 앞서 걷는 수리치의 등을 바라봤다. 어쩐지 수리치가 대화하기를 꺼린다는 느낌이다. 내색하지는 않지만 수리치가 경비대원들을 의식하고 있다는 걸 알았다. 나리아는 이제 갓 바론에 들어온 수리치가 업무로 긴장한 탓이라 생각했다. 미로 같은 복도를 걷는 동안에도 수리치는 나리아를 돌아보지 않았다. 나리아는 그런 수리치를 묵묵히 따라갔다. 얼마쯤 지나자 오른쪽에 폐쇄된 복도가 나타났다. '바이탈크론'이라고 적힌 화살표가 복도 안쪽을 향하고 있다. 나리아는 수리치의 등을 보며 물었다.

"바이탈크론이 뭐야?"

화살표가 가리킨 곳은 통제구역이다. 뭘 통제하는지는 수리치도 알지 못한다. 수리치가 얼버무렸다.

"아마도, 연구실."

나리아는 수리치의 말문이 터진 게 반갑다. 나리아는 질문을 이어갔다.

"바론의 방에 가면 다른 아이들도 볼 수 있니?"

수리치의 어깨가 움찔한다. 수리치는 돌아보지 않은 채 대답했다.

"그건 몰라."

뒤에서 시무룩해할 나리아의 모습이 그려졌다. 수리치는 문득 나리아를 도망치게 하면 어떨까 생각했다. 가리온이 나리아를 어떻게 할지는 알 수 없지만, 정말로 나리아가 브레이커라면 좋지 않은 일을 겪게 될 게 분명하다. 어쩌면 나리아가 도망칠 수 있는 기회는 지금뿐인지도 모른다. 수리치는 걸음을 멈추고 돌아섰다.

"저기……."

나리아의 호기심 어린 얼굴이 보였다. 그리고 동시에 험악한 얼굴의 경비대원들의 얼굴도 보였다. 그들은 완전무장 상태다. 수리치는 경비대원을 잊은 자신이 한심했다. 나리아가 물었다.

"저기 뭐?"

"아, 아니."

수리치는 돌아서서 한숨을 쉬었다. 어느덧 바론의 방으로 연결된 엘리베이터까지 왔다. 유리 엘리베이터에 탄 뒤에도 수리치는 나리아에게 눈길을 주지 않았다. 아니 나리아를 쳐다볼 용기가 나지 않았다. 수리치는 나리아 대신 천장을 올려다보며 말했다.

"문이 열리면 바론의 방이야."

나리아는 수리치가 무뚝뚝한 것이 신경 쓰였다. 하지만 수리치가 자신만큼 긴장한 탓이라고 마음을 다독였다. 얼마쯤 지나자 엘리베이터가 멈추고 문이 열렸다. 수리치 말대로 엘리베이터 밖은 바론의 방이다.

거대한 방은 피라미드 구조다. 바닥은 네모반듯하고, 안쪽으로 기울어진 삼각형 모양의 벽이 천장의 꼭짓점에 모여 있다. 모든 벽은 모니터들의 집합체다. 방 한가운데는 천장까지 닿은 유리관이 있고, 그 주위를 기계 장치가 놓인 테이블이 둘러싸고 있다. 연구원들은 거기에 앉아 뭔가에 몰두했다. 검은 유리로 되어 있는 바닥에는 바론의 방이 거꾸로 비쳐서 가만히 있어도 어지럽다. 그때 가리온이 다가왔다.

"왔군."

가리온은 나리아를 방이 한눈에 보이는 곳으로 데려갔다. 그리고 오른쪽 귀퉁이를 가리키며 말했다.

"바론이다."

가리온이 가리킨 곳에는 여인의 모습을 한 입체 홀로그램이 있다. 거대한 홀로그램은 상반신은 나체, 하반신은 둥근 치마를 두른 모습이다. 홀로그램의 색은 수시로 바뀌었다. 초록빛에서 파란빛으로, 노란빛에서 보랏빛으로, 붉은빛에서 검은빛으로. 그 모습은 마치 유물이 된 크리스마스트리의 전구가 반짝이는 것 같다.

자세히 보면 홀로그램은 가느다란 띠들이 모여 전체 형체를 이루고 있다. 띠에는 수많은 정보가 물처럼 흘렀다. 나리아는 바론이 여인의 모습을 하고 있을 줄은 생각도 못 했다. 솔직히 나리아는 바론이 너무 위대해서 그 모습조차 상상이 되지 않았다. 그래서 어쩌면 바론은 목소리로만 존재하는지도 모른다고 생각했다. 하지만 지금 눈앞에 있는 여인의 모습을 한 바론은 너무나 인공적이다. 잠시 뒤, 눈이라고 짐작되는 곳이 벌어지더니 파란색 구슬 모양이 떠올랐다. 파란 눈동자가 나리아를 응시했다. 이윽고 거대한 입술이 벌어지면서 여인의 목소리가 흘러나왔다.

"스캔을 시작합니다."

그 말에 가리온이 수리치에게 손짓했다. 수리치는 가리온이 시키는 대로 나리아를 방 중앙에 있는 유리관으로 데려갔다. 나리아는 얼떨떨한 얼굴로 물었다.

"스캔? 그게 뭐야?"

수리치는 나리아의 시선을 피하며 말했다.

"이동 검색대를 통과할 때도 스캔을 받잖아. 그거하고 같은 거야."

그건 수리치가 할 수 있는 최선의 답변이다. 그리고 사실이기도 하다. 하지만 나리아는 찜찜한 기분이다. 이윽고 나리아가 유리관 안으로 들어갔다. 곧이어 바깥에서 문이 잠기면서 기계음이 흘러나왔다.

"지금부터 나리아 N30875에 대한 스캔을 시작합니다."

초록색 빛들이 유리관을 타고 오르내렸다. 나리아는 바깥에서 자기를 지켜보는 사람들을 바라봤다. 가리온은 바론 옆에서 만족스러운 표정을 짓고 있다. 수리치의 얼굴은 가리온과 달리 걱정하는 빛이 가득하다. 나머지 사람들은 모니터와 기계들을 살피느라 정신이 없다. 거대한 여인의 모습을 한 바론도 나리아를 보고 있다. 표정 없는 얼굴이다. 그전까지 나리아가 생각한 바론은 거대한 탑 자체다. 타리타움의 아이들은 누구나 그렇게 배웠다. 탑이 곧 바론이라고. 도시의 위기 상황이 발생하면 탑은 최우선으로 스스로를 지키게 되어 있다. 바론에 대한 보호가 인류에 대한 보호이기 때문이다. 그래서 바론은 탑이라는 구조물이면서 인간처럼 생명체를 지닌 존재로 인식됐다.

갑자기 나리아는 가슴에 통증을 느꼈다. 나리아는 허리를 숙이며 손바닥으로 유리관을 짚었다. 하지만 도와주러 오는 사람은 없다. 가리온도 수리치도 연구원들도, 심지어 바론의 모습도 보이지 않는다. 대신 나리아의 눈에는 다른 것들이 보였다. 그건 자신처럼 유리관에 갇힌 아이들이다.

이제 나리아의 눈에는 바이탈크론이라고 적힌 팻말이 보였다. 방 안에는 의류 장비들이 부착된 실험대가 줄 맞춰 있고, 실험대

위에는 아이들이 해부된 채로 누워 있다. 어떤 아이는 장기 일부가 몸 밖으로 나와 있다. 하지만 죽은 건 아니다. 아이들의 심장과 연결된 기계에서 바이탈 리듬이 규칙적으로 출력되고 있다. 천장을 응시하고 있는 아이들의 눈동자는 공허하다. 빛을 잃은 눈동자 속엔 천장에 매달린 전등 빛이 자리하고 있다. 벽을 따라 늘어선 유리관에도 해부된 아이들이 담겨 있다. 그 아이들의 심장마다 작고 빨간 것이 반짝인다. 순간 나리아의 심장이 빨라졌다. 심장은 부풀어 올라 금세라도 터질 것 같다. 마침내 나리아의 입에서 가늘고 긴 비명이 터졌다.

"아아악!"

어느새 유리관을 타고 흐르던 빛이 초록색에서 붉은색으로 바뀌었다. 다급한 기계음이 바론의 방에 울렸다.

"해독할 수 없는 모르스입니다."

가리온을 비롯한 모두가 허둥댔다. 그들 모두 분노로 가득한 나리아의 얼굴을 똑똑히 지켜봤다. 하지만 실제 나리아가 보고 있는 건 그들이 아니라 바이탈크론에서 펼쳐지는 모습이다. 바론의 목소리가 방에 울렸다.

"모르스입니다. 즉시 제거하십시오."

가리온이 연구원들에게 소리쳤다.

"소각 시스템 작동해."

수리치는 유리관으로 달려갔다. 유리관 표면이 달궈지며 붉어졌다. 그 바람에 나라아의 모습이 보이지도 않았다. 이리저리 목을 빼고 봐도 소용없다. 나리아는 손바닥에 뜨거움을 느끼며 정신을 차렸다. 유리관을 짚었던 손바닥이 화상으로 붉게 물들었다. 뜨거운 기운이 몸속으로 스며들었다. 붉게 물든 유리관 밖에서 사람들이 자신을 보고 있다. 수리치의 얼굴도 보인다. 모두들 겁에 질린 얼굴이다. 그 순간 나리아는 깨달았다. 그들이 자신을 바이탈크론에 있는 아이들, 아니 괴물로 생각하고 있다는 걸. 가슴 밑바닥에서부터 분노가 일었다.

'나를 속였어.'

그때 또다시 기계음이 울렸다.

"모르스에 대한 소각 시스템이 30퍼센트에 도달했습니다."

나리아는 주먹을 쥐며 바로 섰다. 몸 안을 채운 열기가 밖으로 나가고 싶어 했다. 그 열기는 가슴을 태우던 통증과는 다른 차원의 에너지다. 나리아는 몸속으로 스며든 열기가 엄청난 회오리로 작동하고 있다는 걸 느꼈다. 그 회오리를 타면 어디든 갈 수 있을 것 같다. 그 순간 나리아의 몸이 허공으로 떠오르면서 바닥에 작은 회오리가 생겼다. 회오리는 유리관을 집어삼킬 듯 커졌다. 유리관을 채운 회오리가 빨라졌다. 걷잡을 수 없는 회오리는 나리아의 머리칼, 얼굴, 입고 있는 옷을 잡아 뜯었다. 그러더니 회오리 위쪽으로 검은 구멍이 나타났다. 나리아는 고개를 젖혀 구멍을 바라봤다. 그리고 온 힘을 다해 외쳤다.

"나는 모르스가 아니야."

그와 동시에 유리관 안에 섬광이 번쩍였다. 밖에 있던 사람들은 얼굴을 돌리며 몸을 낮췄다. 수리치만 유리관을 향해 달렸다. 잠시 뒤, 소란이 가라앉으며 기계음이 울렸다.

"소각 시스템이 정지되었습니다."

사람들은 천천히 고개를 들었다. 유리관 표면은 균열로 조각나 있고, 안쪽에선 푸른 불꽃이 튀었다. 붉게 달궈진 유리는 서서히 투명해졌다. 하지만 나리아는 보이지 않았다. 문은 밖에서 잠긴 그대로다. 가리온이 움츠렸던 몸을 바로 하며 물었다.

"소각되었나?"

누군가 말했다.

"35퍼센트 가동에서 멈췄습니다. 소각된 건 아닙니다."

"그럼 사라지기라도 했다는 건가?"

아무도 대답하지 않았다. 가리온이 연구원들 사이를 뛰어다니며 소리쳤다.

"방을 폐쇄해. 사라졌다면 어디로 전송된 건지 알아보고."

그때 바론의 목소리가 울렸다.

"유리관은 물질을 전송시키는 메포스밈이 아닙니다."

그제야 가리온이 풀 죽은 얼굴로 바론을 바라봤다.

"그럼, 어떻게 된 건가?"

"나리아 N30875의 심장에 이식된 뉴로콘의 신호가 잡힙니다."

가리온은 금세 위엄 있는 표정을 되찾았다. 바론의 홀로그램 띠들이 빠르게 돌더니 기계음이 울렸다.

"나리아 N30875에 대한 추적을 시작합니다."

이제 연구원들은 가리온의 지시에 맞춰 바쁘게 움직였다. 하지만 수리치는 넋 나간 얼굴로 꼼짝하지 않았다. 수리치의 눈은 금이 간 유리관에 박혀 있다. 나리아는 스스로 사라졌다. 그게 어떤 힘인지는 몰라도, 나리아가 이상한 힘을 가진 존재라는 건 증명된 셈이다.

'나리아가 진짜 브레이커…….'

수리치는 눈앞에서 나리아가 위험한 존재로 밝혀진 것이 믿기지 않는다. 아니, 믿고 싶지 않다. 수리치는 자신의 왼손을 내려다봤다. 공증식 이후로 별다른 징후는 없다. 하지만 불안함이 떨쳐지지 않았다.

'어쩌면…….'

추락하는 의식

나리아는 가슴이 뻐근하다. 아파서 눈을 뜰 수도 없다.

'죽은 걸까?'

뾰족한 것이 심장을 파고든다. 심장에 통증이 전해질 때마다 몸뚱이가 화르륵 불살라지는 느낌이다.

바이탈크론에 갇힌 아이들은 모두 '올해의 아이'였다. 나리아는 그 사실을 유리관에서 알았다. 어떻게 그 모습을 보게 된 건지는 모른다. 다만 그것이 환영이 아니라는 건 확실했다. 나리아는 그 중 한 아이의 몸을 만지기까지 했다. 몹시 차가웠지만 죽은 건 아니다. 아이들의 심장은 펄떡였다. 심장 깊숙이 박힌 붉은 뉴로콘이 반짝이는 보석처럼, 핏물에 젖은 벌레처럼 꿈틀댔다. 나리아는 곧 그들과 같은 처지가 되리란 걸 알았다. 자신의 심장을 파고드는 뉴로콘의 움직임을 느꼈기 때문이다. 나리아는 생각했다.

'이미 그 방에 와 있는지 몰라.'

만약 그렇다면 둘 중 하나다. 가슴이 벌어져 실험대에 누워 있거나, 유리관 안에 표본처럼 잠겨 있거나.

가리온이 연구원들을 끌고 방으로 왔던 일이 생각났다. 그들이 자신의 옷자락을 찢고, 축축한 손이 팔뚝에 닿고, 작은 막대에서 나온 무언가가 피부를 뚫고 몸속으로 들어오던 순간이. 막대는 수리치의 주머니에서 나왔다. 수리치를 떠올리자 또 다른 아픔이 느껴졌다. 나리아는 가슴을 더듬었다.

'내 안에도 그게 있는 거야.'

가리온의 말을 순순히 믿는 게 아니었다. 나리아는 가슴을 쥐어뜯었다. 할 수 있다면 그걸 심장에서 파내고 싶다. 하지만 가슴을 움켜쥐는 것 말고는 할 수 있는 게 없다. 아니, 할 수 있는 일이 하나 더 있다. 절망하는 것.

나리아는 절망으로 추락했다. 절망에서 더 깊은 절망으로. 다시 더 깊은 절망으로. 나리아는 눈 뜨고 싶지 않았다. 지금 있는 곳이 바이탈크론이라면 더더욱. 바이탈크론에서 눈을 뜨느니 차라리 죽는 게 나았다. 죽음을 떠올리자 이상한 기분이 들었다. 서럽고 슬픈 기분. 지금까지 죽음을 두려워한 적은 없다. 그건 언제 올지 모르는 먼 미래의 일이고, 죽는 순간까지 인식하지 못할 일이다. 죽음은 두려워 할 필요가 없는 절차일 뿐이다. 하지만 지금은 다르다. 나리아는 처음으로 죽음의 본질을 인식했다. 그건 영원히 사라지는 것이며, 더 이상 존재하지 않는 거다. 자신이 존재했다는 사실조차 지워 버릴 수 있는 것이 죽음이다. 무의미한 단어처럼 여겨지던 죽음이 몸 구석구석 의미를 각인시켰다. 나리아의 볼이 눈물로 축축하다.

'왜 이런 일이 벌어졌지?'

'내가 무슨 잘못을 했지?'

나리아는 과거의 기억을 더듬었다.

어느 날일까? 가상수업에서 온실 재배되는 식재료에 대한 내용을 학습할 때다. 나리아는 채소나 곡식의 열매가 좀 더 다양한 색을 띠면 어떨까 하는 생각을 했다. 뉴로콘으로 접속된 공개수업이라서 나리아의 생각은 곧바로 관리자에게 감지됐다. 관리자가 질문했다.

"그것이 효율적인 식품 공급에 어떤 도움이 되지?"

대답을 독촉하는 접속자들의 신호가 나리아의 뇌신경을 자극했다. 나리아는 궁지에 몰린 기분이다.

"그런 걸 먹으면 기분이 좋지 않을까요?"

나리아의 답변에 적색 신호들이 쏟아졌다. 오류를 뜻하는 신호다. 나리아는 신호에 담긴 적대감을 느꼈다. 관리자가 수업에 접속한 모두를 향해 질문을 던졌다.

"배를 곯아도 기분이 좋을까?"

나리아는 자신을 향한 비난과 체념을 느꼈다.

기억과 함께 나리아의 의식은 더 깊은 곳을 향했다.

오후다. 타리타움의 허공에 솜털이 달린 홀씨 하나가 떠다녔다. 타리타움의 계단은 중앙 홀을 비워 둔 채 벽면을 따라 나선형으로 붙어 있다. 그날따라 계단은 아이들로 북적였다. 아이들은 처음 보는 홀씨에 잔뜩 겁을 집어 먹은 상태다. 정체가 불분명한 건 경계의 대상이다. 하지만 나리아는 그게 그렇게 겁먹을 만하다고 생각되지 않았다. 그건 그저 작은 홀씨일 뿐이다. 다만 어디서 왔는지를 파악할 수 없다는 게 문제라면 문제였다. 나리아는 위로 떠오르는 홀씨를 따라 나선형 계단을 달렸다. 그리고 거의 마지막 계단참에서 허공에 있는 홀씨를 낚아챘다.

나리아가 가만가만 손을 펼치자 아이들이 멀찌감치 물러섰다. 아이들은 나리아가 그걸 당장 관리자에게 보여야 한다고 했다. 나리아가 그럴 생각이 없다고 하자 아이들은 그게 모르스일지도 모른다고 했다. 나리아는 별수 없이 홀씨를 관리자에게 가져가는 척했다. 하지만 가는 동안 잃어버렸다고 하고 주머니 깊숙이 감췄다. 아이들은 나리아가 책임감이 없다며 비판했다. 그들의 행동에는 비난과 적대감이 골고루 섞여 있었다. 감정이 드러나지 않는 말투와 행동 속에 담긴 세밀함을 나리아는 직감적으로 알아챘다. 하지만 그런 걸 입 밖으로 말할 수는 없다. 타리타움에서 나리아를 이해하는 사람은 한 명도 없다. 홀씨 일로 나리아는 감점을 받았다. 그래도 나리아는 홀씨를 끝내 관리자에게 보이지 않았다. 홀씨는 절대로 모르스가 될 수 없다. 홀씨 하나가 세상을 멸망시킬지도 모른다는 상상이야말로 끔찍한 망상이다. 나리아는 자기보다 성적이 월등한 아이들이 그런 터무니없는 생각을 하는 것이 이해되지 않았다.

나리아는 오랫동안 홀씨를 간직했다. 그게 어디서 왔는지는 몰라도 거기에는 엄청난 비밀이 담겨 있을 거라는 생각이 들었다. 홀씨가 날아드는 건 흔한 일이 아니다. 모든 식물은 인공 온실에서 키워진다. 인공 온실은 철저히 밀폐된 공간이다. 홀씨가 허공을 날아 밖으로 나가려 했다면 그 전에 감지 센서가 알아서 차단했을 거다. 하지만 인공 온실이 아니라면 홀씨가 온 곳을 설명할 방법이 없다. 작은 홀씨 하나가 망망대해를 그것도 몇 백 년 동안 떠다니다 타리타움으로 흘러들지는 않았을 테니 말이다. 그 순간 나리아는 모든 감시를 뚫고 온실을 탈출한 홀씨가 위대하다고 생각했다. 그건 타리타움에 갇혀 지내는 나리아에게는 상징과도 같았다. 하지만 나리아는 결국 홀씨를 잃어버렸다. 그때의 상실감은 말로 표현할 수 없을 만큼 컸다. 이제 나리아는 그게 정말 위험한 것이었는지도 모른다는 생각을 했다. 그래서 지금과 같은 상황에 놓인 거라고.

'그게 정말 모르스였을까?'

'그래서 지금 내가 벌을 받는 걸까?'

질문과 함께 나리아의 생각은 더 깊이 흘러갔다. 그건 기억이라기보다는 구성된 이미지에 가깝다.

실험실에서 난자와 정자가 결합한다. 모든 아이들이 그렇듯 나리아도 그렇게 생겨났다. 그때까지는 아무 문제가 없다. 만약 문제가 있다면 태어나기 전에 인공 산실에서 폐기처분됐을 거다. 하지만 나리아는 무사히 태어났고, 다른 아이들과 함께 타리타움으로 보내졌다. 분명 그 어딘가에 잘못이 있을 거다.

'어디서부터 잘못되었을까?'

'난자와 정자를 제공한 사람들은 정상인가?'

'그중 한 사람이 잘못된 걸까?'

만약 그들 중 하나라도 문제가 있다면 나리아처럼 공증식에서 그 존재가 증명됐어야 한다. 하지만 그들은 변하지 않았고, 정상적으로 난자와 정자를 제공했다.

'돌연변이?'

이제 나리아의 의식은 바론의 방을 향했다. 자신더러 모르스라고 말하던 기계음이 생생하다. 나리아는 '올해의 아이'라는 말에 취해 있던 자신을 경멸했다. 그들은 이미 나리아의 존재가 무엇인지, 앞으로 어떻게 될지 알고 있었다. 그러면서도 나리아에게 거짓 친절을 베풀었다.

'내 모습이 얼마나 하찮았을까?'

가리온과 연구원들의 모습이 떠올랐다. 수리치의 모습도. 수리치라고 다를 리 없다. 그 아이가 타리타움에서보다 다정하고, 자신과 비슷한 감정을 가진 사람이고, 그래서 잘 통할 거라는 생각은 모두 착각이었다. 자신을 속이기 위해 연기를 했던 거다. 나리아는 치를 떨었다. 나리아는 자신을 속인 그들과, 거기에 속아 넘어간 자신에게 진절머리가 났다. 바론은 어떤가? 여인의 얼굴을 하고 있던 바론. 그 속에서 흘러나오던 메마르고 건조한 목소리. 인간의 목소리보다 더 인간처럼 느껴지던 목소리. 나리아는 죽어도 바론을 잊지 못할 거다. 다시 한 번 그 방에서 들었던 말들이 되살아났다.

'모르스.'

'소각처리.'

호화로운 방, 고급스런 요람, 분에 넘치는 친절. 그 모든 게 미끼였다. 나리아는 속이 뒤틀렸다. 미끼를 덥석 문 죄로 실험대에 올라가고, 배가 갈리고, 유리관 속에 잠기는 것. 그런 운명을 타고 났다는 걸 상상해 본 적이 있던가? 나리아는 가슴을 쥐어뜯으며 더 깊은 곳으로 추락했다.

낯선 세계

나리아는 서서히 의식이 돌아왔다. 의식을 깨운 건 매캐함이다. 숨을 쉴 때마다 매운 공기가 몸속으로 들어왔다. 소각되고 있는지도 모른다. 통증은 느껴지지 않았다. 다만 진원지를 알 수 없는 떨림이 규칙적으로 전해졌다. 그게 뭐가 됐건 나리아를 향해 다가오고 있는 것만은 분명하다. 몸으로 전달되는 진동의 강도는 점점 세졌다. 소각과 진동이 어떻게 연결될 수 있는지는 몰라도 이대로 있다간 죽을 거라는 공포가 들었고, 그 공포가 나리아의 눈을 뜨게 했다.

시야를 채운 건 먼지다. 그 다음으로 왁자한 소리가 들렸다. 나리아는 바닥에 누워 있다. 어딘지는 알 수 없다. 나리아는 가까스로 몸을 일으켜 먼지와 소리들로부터 멀어지기 위해 물러앉았다.

손바닥에 닿은 바닥이 거칠거칠하다. 정체를 알 수 없는 알갱이와 가루들이 몸에 잔뜩 달라붙어 있다. 하지만 머릿속으론 어떤 정보도 검색되지 않았다. 정신을 집중해도 마찬가지다. 뉴로콘은 먹통이다. 나리아는 비칠거리며 자리에서 일어섰다. 먼지 너머로 형체들이 보이고, 뿌연 먼지가 걷히면서 모습도 또렷해졌다. 나리아의 눈꺼풀이 크게 벌어졌다. 나리아는 믿기지 않는 얼굴로 그것들을 쳐다봤다.

구릿빛 피부를 한 남자들이 거대한 짐승의 등에 올라탄 채 나리아를 빙 둘러쌌다. 팔과 장딴지가 울퉁불퉁한 남자들은 하나같이 무시무시한 얼굴을 하고 있다. 어쨌거나 그들은 사람처럼 보였다. 하지만 그들이 타고 있는 건 생명체라기보다는 거대한 바위에 가깝다. 길고 시커먼 털로 뒤덮인 동물들은 네발로 서 있다. 발은 손이 안으로 굽은 것 같은 모양이다. 이마에는 뿔처럼 솟은 돌기가 있고, 새의 부리처럼 생긴 주둥이에는 길쭉한 엄니가 삐져나와 있다. 무시무시하게 보이지 않는 건 까만 눈동자뿐이다. 짐승의 커다란 눈망울엔 공포에 질린 나리아의 모습이 고스란히 담겼다.

한 남자가 짐승을 탄 채 나리아에게 다가왔다. 나리아는 항복의 뜻으로 두 팔을 들어올렸다. 그러자 남자가 놀란 얼굴로 멈춰 섰다. 뒤쪽에 있던 사람들도 "우" 하고 외치며 물러났다. 마치 나리아가 맨손으로 자신들을 때려잡을 수 있을 거라고 착각하는 눈치다. 나리아는 천천히 팔을 내렸다. 남자가 손에 든 장대로 나리아를 가리켰다.

"신분을 밝혀라."

나리아는 아무 말도 하지 못했다. 짐승들이 내는 소리와, 왁자한 소음들로 정신이 나갈 지경이다. 곧이어 남자가 장대로 바닥을 내리찍었다. 쿵, 소리와 함께 황톳빛 바닥이 움푹 팼다. 나리아는 휘청거렸다. 남자의 힘이 상상할 수 없을 정도로 강하거나, 바닥이 생각보다 약할 거라는 생각이 동시에 들었다. 나리아는 장대로 패일 수 있는 바닥이라는 게 무엇인지 궁금했다. 그러다 옛날 지구의 모습을 떠올렸다. 바론이 건설되기 이전의 지구는 그런 바닥을 하고 있었다. 옛날 사람들은 그걸 땅이라고 불렀다. 나리아는 손바닥에 묻어 있는 알갱이들을 멍한 눈으로 내려다봤다.

'설마?'

손가락을 비비자 알갱이들이 가루가 되어 떨어졌다. 마치 흙처럼. 하지만 땅이나 흙은 사라진 지 오래다. 그때 남자가 뒤에 선 무리를 향해 외쳤다.

"조용."

웅성거림이 잦아들었다. 남자가 나리아를 쏘아보며 다시 물었다.

"이름이 뭐냐?"

나리아는 먼지로 버석거리는 입술에 침을 묻혔다. 그러고도 한참이 지나서야 입을 뗄 수 있었다.

"나, 나리아요."

남자는 모르겠다는 표정으로 나리아의 이름을 중얼거렸다. 나리아의 이름이 무리로 빠르게 전달됐다. 이름을 전해 들은 사람들은 하나같이 고개를 갸웃거렸다. 남자가 다시 물었다.

"어디서 왔냐?"

"바, 바론이요."

남자는 여전히 이해할 수 없다는 표정을 지었다. 질문이 이어졌다.

"무엇 때문에 왔냐?"

또다시 대답이 막혔다. 나리아도 어떻게 이런 곳에 오게 된 건지 알 수 없다. 나리아는 자신을 둘러싼 사람들이 술렁대는 걸 말없이 쳐다봤다. 그들의 얼굴엔 호기심이 가득하다. 그들이 타고 있는 짐승들의 표정은 좀 낫다. 짐승들은 나리아에게 아무런 관심도 없는 듯 보인다. 이렇게 생긴 동물은 자료에서조차 본 적이 없다. 바론에 남아 있는 동물은 마지막 인류가 집에서 키우던 팻들과 종 보존 차원으로 수집한 개체들뿐이다. 공간을 많이 차지하는 덩치 큰 동물은 수집 대상에 포함되지도 않았다. 사람보다 큰 동물들은 대륙이 사라지면서 전부 멸종했다.

나리아는 짐승들 너머로 펼쳐진 푸른 언덕을 바라봤다. 그건 풀로 뒤덮인 땅이 분명하다. 나리아는 현기증이 났다. 땅과 풀이라니. 자신이 어디 있는지 모른다는 게 공포가 될 수 있다는 걸 예전에는 몰랐다. 나리아는 몸을 떨었다. 그러고 보니 입고 있는 옷이 너덜너덜하다. 온도 유지 장치가 망가졌으니 추위를 느끼는 건 당연하다. 때마침 바람이 불어와 머리칼이 흩날렸다. 무심코 자신의 머리칼을 보던 나리아는 깜짝 놀랐다. 손가락 한 마디만큼 하얗던 머리칼이 이제 한 뼘 넘게 새하얗다. 하얀 머리칼은 나리아에게 저주나 마찬가지다. 머리 색이 변한 뒤부터 모든 게 엉망이 됐다. 장대를 든 남자가 나리아의 주위를 환기시켰다.

"묻는 말에 대답해라."

나리아는 그 남자가 뭘 물었는지도 기억나지 않았다.

"바론은요? 바다는 어디 있어요?"

남자가 장대를 다시 바닥에 내리꽂았다. 기척에 놀란 짐승들이 몸을 털며 뒷걸음질쳤다. 남자가 말했다.

"질문은 내가 한다. 무엇 때문에 왔냐?"

나리아는 기어들어 가는 소리로 대답했다.

"모르겠어요."

남자는 못마땅한 얼굴로 미간을 좁혔다. 미간에 잡힌 주름마저 나리아에게는 위협적으로 보였다.

"몇 살이냐?"

"여, 열다섯이요."

남자는 의미심장한 눈으로 나리아를 내려다봤다. 그러더니 누군가를 향해 손짓했다. 그러자 두 명의 남자가 짐승의 등에서 폴짝 뛰어내렸다. 동작이 공기만큼이나 가볍다. 남자가 두 사람에게 명령했다.

"묶어 둬."

그들은 허리춤에 찬 밧줄을 풀어 나리아의 몸을 묶었다. 나리아는 놀라서 몸을 비틀었다.

"왜 이래요? 놔 줘요."

하지만 덩치 큰 남자들의 힘을 당할 수는 없다. 그들은 나리아가 제대로 저항하지 못할 정도로 동작이 빨랐다. 남자들은 나리아를 묶고 장대를 든 남자를 쳐다봤다.

"이제 어쩔까요, 아칸."

아칸이라고 불린 남자가 말했다.

"태워라. 다음 수색 장소로 이동한다."

나리아는 남자들 손에 이끌려 짐승들 사이를 지나갔다. 축축하고 역겨운 냄새가 배 속을 뒤집었다. 토악질이 나오지 않는 건 두려움 때문이다. 사내들은 별 힘도 들이지 않고 나리아를 짐승의 등에 태웠다. 그들은 나리아가 떨어지지 않도록 몸을 밧줄로 고정시켰다. 매듭을 묶던 남자가 나리아를 힐끗거리며 말했다.

"떨어지지 않으려면 이 밧줄을 꽉 잡고 있어. 괜히 바쿠의 털을 잡아당겨서 놀라게 하지 말고."

남자는 피식 웃으며 나리아의 손에 밧줄을 쥐어 주었다. 바쿠는 나리아가 타고 있는 짐승의 이름인 모양이다. 나리아는 놀림감이 된 기분이 들어 입을 꾹 다물었다.

잠시 뒤 행렬이 움직였다. 나리아는 앞뒤로 몸이 흔들렸지만 떨어지지 않았다. 나리아는 쥐고 있는 밧줄이 목숨 줄이라도 되듯 꽉 움켜잡았다.

수색대에 속한 사람들은 20명 남짓이다. 그들은 모두 남자고, 팔과 다리가 드러난 옷을 입고 있다. 나리아는 맨살이 드러난 옷에 어떤 신체보호 기능이 탑재된 것인지 궁금했다. 하지만 그보다 더 시선을 잡아끄는 건 땅이다. 어디에나 땅이 보였다. 땅에는 나무와 풀들이 자라고 있고, 드문드문 마른 곳도 있다. 간혹 바람이 불었고, 그때마다 바쿠 무리가 일으킨 먼지로 눈과 목이 따갑다. 바람에는 여러 냄새가 실려 있다. 그게 무슨 냄새인지는 하나도 알지 못했다. 나리아가 정확히 파악한 냄새는 바쿠의 기다란 털이 날릴 때마다 나는 냄새다. 그건 자신이 타고 있는 바쿠라는 짐승한테서 나는 냄새가 분명하다. 처음엔 냄새를 참기 힘들었으나 시간이 지날수록 익숙해졌다. 앞뒤로 몸이 흔들리는 것도 익숙하다.

나리아는 바쿠의 등에 타고 있는 사람들을 둘러봤다.

'여기가 어딜까? 이들은 누굴까?'

도무지 알 수 없다. 뉴로콘은 고장이 난 게 분명하다. 귓바퀴 아래에 있는 뉴로콘을 두들겼지만 아무런 반응이 없다. 나리아는 문득 생각했다. 이곳이 '시뮬레이터 공간일까?' 하는.

만약 그렇다면 자신은 지금 어떤 시험 같은 걸 치르고 있는지도 모른다. 하지만 이곳이 시뮬 공간이라면 검색 장치가 작동하지 않을 리 없다.

바쿠의 행렬은 해가 지평선과 가까워질 때까지 이어졌다. 나리아는 타리타움의 방에서 보던 석양을 떠올렸다. 방에 있던 창은 동그랗고 얼굴 크기만 했다. 유리가 끼워져 있지만 열리는 창은 아니다. 그 창으로 내다보는 태양은 언제나 바다와 하늘의 경계에서 뜨고 졌다. 나리아는 바다가 아닌 땅으로 가라앉는 태양을 멍한 눈으로 바라봤다. 너무나 이질적이라 지금 상황을 잊게 할 정도다.

통과의례

행렬은 거대한 바위 앞에서 멈췄다. 초원 한가운데 버티고 선 바위는 바닥을 뚫고 튀어나온 듯하다. 바위의 모습은 거인의 상반신을 닮았다. 꼭대기 부분은 둥근 머리 모양, 아래쪽 경사면은 기울어진 어깨 같다. 그중 완만한 경사면에 꼭대기까지 오르는 계단이 있다. 아칸은 바쿠에서 내리자마자 계단을 올랐다. 계단이 바위를 휘감고 돌아 얼마쯤 지나자 그의 모습이 시야에서 사라졌다. 그제야 사람들도 바쿠에서 내려 짐을 풀었다. 그들은 짐 정리가 끝난 뒤에야 나리아를 내려 줬다.

바쿠의 등으로 올라온 남자는 나리아의 몸을 묶고 있는 매듭을 풀었다. 남자가 바쿠를 향해 알아들을 수 없는 말을 하자 바쿠가 엉덩이를 낮추더니 바닥에 주저앉았다. 남자는 나리아를 바쿠의 등과 나란히 놓이게 했다. 그리곤 그대로 손을 놓았다.

"아아악!"

나리아는 비명을 지르며 바쿠의 등에서 미끄럼을 탔다. 어디가 부러지거나 다치지는 않았다. 나리아는 생각보다 멀쩡한 자세로 땅에 발을 디뎠다. 하지만 몸은 여전히 밧줄에 묶인 채다. 남자가 나리아를 바위 아래로 데려가 앉혔다. 나리아는 바위가 등에 닿을 때까지 물러앉아 몸을 웅크렸다. 남자들은 나리아에게 별 관심을 두지 않았다.

바쿠들은 둥글게 늘어서 바위를 감쌌다. 일정한 간격으로 늘어선 모습이 꼭 울타리 같다. 해가 지평선 너머로 사라졌지만 하늘에는 아직 빛이 남아 있다. 남자들은 야영 준비를 하느라 바쁘게 움직였다. 나리아는 몸을 최대한 웅크리고 그들의 모습을 살폈다. 기회를 틈타 도망쳐야겠다는 생각을 하면서.

남자들은 공터 한가운데 모여 이야기를 나눴다. 아직까지 아칸의 모습은 보이지 않았다. 그때 나리아의 눈앞으로 짐 꾸러미가 떠갔다. 무심코 보던 나리아의 눈동자가 커졌다. 짐 꾸러미는 스스로의 의지로 어딘가를 향해 날아가는 중이다. 분명 그랬다. 한 사내가 아무렇지도 않게 짐 꾸러미를 잡아챘다. 그리고 그 안에서 잡다한 물건들을 꺼냈다. 그뿐만이 아니다. 누군가가 허공에 손을 휘두르자 바쿠 아래 쌓여 있던 나무토막들이 공터 한가운데로 날아왔다. 바닥부터 차곡차곡 쌓인 장작더미는 꽤 그럴싸하다. 나리아는 그만 도망칠 궁리를 잊었다.

'초능력?'

그때 누군가가 손가락 끝에 불씨를 피워 올렸다. 사내는 불씨를 다른 손으로 옮기고 심지어는 손대지 않고 허공에 떠 있게 했다. 아무리 봐도 진짜 불이 분명하다. 하지만 사내는 전혀 뜨거워하지 않았다. 그는 장난감처럼 불꽃을 갖고 놀았다. 구경하던 남자들 중 한 명이 손가락으로 불꽃을 가리켰다. 그러자 불꽃이 새와 물고기, 네발 달린 짐승의 모습을 했다. 남자들의 웃음소리가 커졌다. 그때 장작더미 가까이 있던 사내가 말했다.

"어이, 그만하고 이리 와서 불 좀 붙여 줘."

불꽃을 피워 올린 남자가 장작더미로 향했다. 남자는 손끝에 있는 불을 장작더미로 가져갔다. 하지만 어쩐 일인지 장작에 불이 붙지 않았다. 남자가 인상을 구겼다. 부탁을 한 사내가 말했다.

"이런, 자네도 말썽이군."

불꽃을 일으킨 남자의 얼굴이 벌게졌다.

"좀 전까지만 해도 멀쩡했는데."

"억지로 할 필요는 없어."

하지만 불꽃을 피운 남자는 포기할 생각이 없어 보였다. 지켜보던 사람들이 고개를 저었다. 바로 그 순간 모두가 놀랄 만한 일이 벌어졌다. 사내의 손끝에서 장작을 잿더미로 만들 만큼 커다란 불꽃이 피어올랐다. 모두들 펄쩍 놀라 뒤로 물러났다. 사내는 불 붙은 손을 머리 위로 들어 올린 채 어쩔 줄 몰라 했다. 남자들이 이리 뛰고 저리 뛰자 바쿠들도 덩달아 풀썩거렸다. 그때 큼지막한 양동이가 사람들 사이로 날아왔다. 양동이는 불꽃 사내의 머리 위에 멈추더니 엄청난 양의 물을 쏟아 냈다. 불꽃은 물세례를 받고 꺼졌다. 흠뻑 젖은 사내는 머리 위에 떠 있는 양동이를 올려다봤다. 이윽고 양동이가 바닥으로 떨어지면서 요란한 소리를 냈다. 남자가 신경질적으로 양동이를 걷어찼다. 그 모습을 지켜보던 남자들이 웃음을 터뜨렸다. 그때 아칸의 목소리가 들렸다.

"이게 웃을 일인가?"

장대를 짚고 서 있는 아칸의 모습을 본 남자들이 웃음을 멈췄다. 그들은 이리저리 흩어졌고 물에 젖은 남자도 눈치를 살피며 양동이를 들고 자리를 떴다.

소란이 가라앉고 장작더미가 타올랐다. 장작더미 위에는 큼직한 솥이 걸렸다. 솥에서는 뜨거운 김이 쉭쉭 뿜어져 나왔다. 사람들은 자리를 잡고 앉아 솥에서 꺼낸 음식들을 나눴다. 나리아는 모든 게 신기할 따름이다. 바론에서는 아침마다 포장된 음식이 각자의 방으로 배급됐다. 서랍에 음식이 도착했다는 신호가 뜨면 그걸 꺼내 그 날의 식량을 섭취했다. 누군가와 음식을 같이 먹는 일도 없다. 잠시 뒤, 나리아 앞에도 음식이 담긴 접시가 놓였다.

"너도 먹어야지."

접시를 가져온 남자가 말했다. 나리아는 말없이 접시를 내려다봤다. 기름기가 번들거리는 덩어리가 국물이 흥건한 접시에 담겨 있다. 처음 보는 음식에 나리아는 말문을 잃었다. 이제껏 나리아가 먹은 음식은 영양이 알맞게 제조된 고형질이 전부다. 나리아가 떨떠름한 표정을 짓자 남자가 말했다.

"배가 고프지 않은가 보군."

그러더니 의미심장한 얼굴로 물었다.

"너 말이야, 정말 밧줄을 못 푸나? 혹시 우리를 속이고 있는 거 아니야?"

나리아는 남자의 말을 이해할 수 없다. 나리아가 아무 대답도 하지 않자 남자가 입술을 삐죽였다.

"아님 말고."

나리아는 돌아서는 남자를 불러 세웠다.

"저기요."

남자가 걸음을 멈추고 돌아봤다.

"여기가 어딘가요?"

남자는 별 시답잖은 걸 묻는다는 표정으로 대답했다.

"어디긴 어디야? 코레지."

"코레…… 요?"

처음 듣는 단어다. 나리아가 낙담하고 있는 사이 남자는 저만치 멀어졌다.

하늘에 별이 가득하자 남자들이 다가와 나리아를 일으켰다. 한 남자가 나리아의 몸에 묶인 밧줄을 단 한 번의 칼놀림으로 끊어 냈다. 밧줄에서 풀려나자 숨쉬기도 편하다. 남자들은 나리아를 아칸에게 데려갔다. 아칸은 나리아를 돌아보지도 않고 말했다.

"바위계곡으로 데려가."

명령을 받은 남자들이 나리아를 계단으로 떠밀었다. 나리아는 땅 위를 걷는 것이 어색했다. 걸을 때마다 바닥에서 피어오르는 먼지가 무슨 마법처럼 여겨질 정도다. 나리아는 발밑을 내려다보며 생각했다.

'이건 가짜일 거야.'

땅은 이미 오래전에 바다 밑으로 가라앉았다. 바론의 정찰 위성이 찍은 지구의 모습에도 바다가 아닌 곳은 바론이 유일하다. 그런데 지금은 바다가 보이지 않았다. 그 대신 땅, 풀, 나무, 바위들만 눈에 띄었다.

계단을 오르자 꽤 평평한 곳이 나타났다. 남자들은 나리아를 바위 가장자리로 데려갔다. 거인의 어깨라고 생각했던 바위는 서로 떨어져 있다. 깎아지른 절벽으로 된 바위 사이에는 밧줄 한 가닥이 팽팽히 당겨져 있다. 이윽고 아칸과 사람들이 줄지어 올라왔다. 아칸이 나리아 옆에 있는 남자를 향해 끄덕이자 그중 한 명이 나리아의 손목에 묶인 밧줄을 풀어 줬다. 나리아는 밧줄 자국이 붉게 남은 손목을 어루만졌다. 아칸이 말했다.

"너는 네가 누구인지, 무엇 때문에 이곳에 왔는지 밝히지 않았다. 만약 여기서도 자신의 존재를 증명하지 못한다면 너는 이방인이 분명하다."

나리아가 물었다.

"뭘 증명하라는 거예요?"

아칸은 나리아의 등 뒤를 턱짓하며 말했다.

"건너라."

처음엔 그게 무슨 말인지 이해하지 못했다. 옆에 선 남자들이 비켜서고 나서야 나리아는 그 말이 무슨 뜻인지 알아차렸다. 나리아는 허공에 쳐진 밧줄을 돌아보고 아칸에게 물었다.

"여, 여길 건너라고요?"

아칸이 고개를 끄덕였다. 나리아의 목소리가 떨렸다.

"모, 못 해요."

아칸은 단호한 얼굴로 고개를 저었다. 그는 손등으로 건너라는 시늉을 했다. 나리아는 절벽 대신 아칸 쪽으로 한 발 나섰다.

"나더러 죽으라는 거잖아요."

"죽지 않을 수도 있다."

아칸이 고갯짓을 하자 남자들이 장대로 나리아를 몰아세웠다. 나리아는 한 걸음 한 걸음 절벽으로 내몰렸다. 그러다 더는 물러설 수 없는 곳까지 다다랐다. 발뒤꿈치에 있던 돌들이 절벽 아래로 떨어지는 소리가 났다. 나리아는 애원했다.

"제발요. 난 이런 거 못 해요."

하지만 아칸은 마음을 바꿀 생각이 없어 보였다. 그의 표정이 너무나 확고해서 나리아는 오기가 났다. 이래 죽으나 저래 죽으나 어차피 죽을 수밖에 없는 운명인 거다. 나리아는 눈을 질끈 감았다. 될 대로 되라지 싶은 마음이다. 나리아는 절벽과 등을 마주한 채 숨을 들이마셨다. 똑바로 보고 걸어도 아래로 떨어질 거라는 사실은 변하지 않는다. 나리아는 땅에 찰싹 달라붙은 발을 뒤로 뺐다. 발뒤꿈치에 밧줄이 닿았다. 그때다. 누군가 큰 소리로 외쳤다.

"멈춰라."

나리아는 눈을 떴다. 사람들 사이를 비집고 걸어오는 노인이 보였다. 머리칼이 은회색으로 물든 노인의 얼굴은 주름투성이다. 바론에는 얼굴에 주름을 가진 사람이 없다. 정기적인 레이저 시술로 언제나 같은 얼굴 형태를 유지하기 때문이다. 그러니 아무리 나이가 많아도 노인처럼 여겨지지 않는다. 하지만 지금 눈앞에 있는 사람은 어디를 봐도 노인이 분명하다. 아칸이 노인에게 고개를 숙였다.

"어르신이 어쩐 일이십니까?"

노인이 거친 숨소리를 토하며 되물었다.

"수색대야말로 여기서 뭘 하는 겐가?"

"낯선 아이를 발견했는데 정체를 밝히려 하지 않아서요. 지금 막 마무리를 하던 중입니다."

노인이 손사래를 쳤다.

"그만 두게. 저 아이는 내 손님일세."

아칸이 놀란 얼굴로 물었다.

"그런가요?"

아칸이 손짓하자 남자들이 나리아를 절벽에서 잡아끌었다. 나리아는 영문을 모른 채 남자들의 손에 이끌려 노인 앞으로 갔다. 노인은 단춧구멍만 한 눈으로 나리아를 바라봤다. 그리곤 메고 있던 자루에서 보자기 같은 걸 꺼내 나리아의 어깨에 걸쳤다. 노인이 중얼거렸다.

"옷이 엉망이구나."

나리아는 여기 저기 구멍 뚫린 옷을 내려다보고 고개를 들었다. 노인은 나리아의 머리칼에 시선을 두더니 황급히 고개를 돌렸다.

"이 아이는 내가 데려가겠네."

아칸이 우물쭈물 대답했다.

"어르신이 그렇게 하신다면야. 하지만 아무래도 문제가 심각하니 주의해 주셔야 할 겁니다. 수상한 건 의심을 받는 법이니까요."

노인이 고개를 끄덕였다.

"염려 말게."

아칸이 바위 아래를 굽어보며 물었다.

"바쿠를 내드릴까요?"

노인은 느리게 손을 저었다.

"아니네."

노인은 나리아를 돌아보며 말했다.

"가자."

나리아는 머뭇거리다 노인을 따랐다. 노인의 머리칼이 은회색인 게 자신과 연관이 있을지도 모른다는 생각이 들었다. 게다가 노인을 따라가지 않으면 또다시 절벽으로 내몰릴지 모른다. 등 뒤에서 아칸이 사람들에게 이런저런 지시를 하는 소리가 들렸다. 나리아는 못 들은 척 서둘러 발걸음을 옮겼다.

언덕 위의 집

나리아는 노인과 초원을 가로질렀다. 걷는 동안 노인은 아무 말도 하지 않았다. 나리아는 앞장서서 걷는 노인의 뒷모습을 물끄러미 바라봤다.

'뭐하는 사람일까?'

우락부락하던 아칸이 굽실거리던 걸 보면 꽤나 지위가 높은 사람 같다. 하지만 행색은 전혀 그렇지 않다. 노인이 걸친 품이 넓은 옷은 여기저기 해졌다. 몸을 치장한 장신구도 없다. 아니 장신구를 하나 하고 있긴 했다. 노인은 여러 가지 색실로 꼬아 만든 둥근 고리를 매단 목걸이를 하고 있다. 목걸이에는 노인의 주름만큼이나 세월의 흔적이 덕지덕지 묻어 있다.

노인은 가끔 걸음을 멈춘 채 허리를 세우고 먼 곳을 바라봤다.

그러면 나리아도 걸음을 멈추고 노인이 보는 곳을 바라봤다. 한참 동안 허공을 응시하던 노인은 힐긋 돌아보며 따라오라는 손짓을 했다. 나리아는 일정한 간격을 유지한 채 노인의 걸음을 따라갔다.

나리아는 풀밭을 걷는 것이 여전히 믿기지 않았다. 바론에서는 건물과 건물 사이로 길이 연결되어 있다. 길이 없는 곳은 에어윙으로 갔다. 어디로든 갈 수는 있지만 바다 가까이는 갈 수 없다. 바다는 여전히 오염 상태이기 때문에 빠지면 위험하다. 하지만 실제로 바다에 빠지는 경우는 없다. 추락을 막기 위해 바론의 건축물 아래는 인공 그물이 펼쳐져 있다. 나리아는 손가락을 귀 뒤로 가져갔다. 뉴로콘이 있는 부분을 두드렸지만 여전히 먹통이다. 나리아는 손을 내리며 생각했다.

'뉴로콘이 작동하면 여기가 어딘지 알 수 있을 텐데…….'

하지만 듣도 보도 못 한 '코레'가 검색될지는 여전히 미지수다.

고개를 드니 노인은 나지막한 언덕을 향해 길을 잡았다. 뒤처진 나리아는 뛰는 걸음으로 노인을 따라갔다. 언덕을 넘어서자 건물 한 채가 나타났다. 노인이 나리아를 돌아보며 말했다.

"내가 사는 집이다."

나리아는 속으로 그 말을 되뇌었다.

'집…….'

집이라면 오래전에 사람들이 살았던 거주 공간이다. 그건 지극히 개인적인 공간으로 모습이 천차만별이라고 했다. 하지만 바론의 주거 공간은 어디든 똑같다. 특히 타리타움의 방은 완전히 획일화되어 있다.

노인의 집은 흙벽돌로 지어진 2층짜리 건물이다. 그리고 집 옆에는 유리로 된 건물이 하나 붙어 있다. 노인의 말로는 온실이라고 했다. 문 앞에 서자 언덕 아래에 있는 마을이 보였다. 나리아는 그 모습이 어쩐지 낯이 익다. 그때 집으로 들어간 노인이 나리아를 불렀다.

"들어오너라."

노인은 물이 담긴 컵을 들고 있다. 목을 축였는지 목소리가 한결 부드럽다. 나리아는 집 안을 둘러봤다. 안은 바깥과 달리 나무로 마감되어 있다. 손때를 입은 나무들이 반들거리는 모습이 낯설면서도 흥미롭다.

요람을 뺀 모든 물건이 벽 속에 들어 있는 바론과 달리 노인의 집에는 가구들이 방 안에 놓여 있다. 네모난 유리창 옆으로 벽난로가 있고 그 옆에는 의자와 탁자도 있다. 좀 더 안쪽에는 조리용 기구들이 걸린 공간과 좁은 복도를 사이에 두고 마주한 문도 있다. 복도가 시작되는 곳에는 위로 올라가는 계단이다. 나리아는 그것들을 신기한 듯 바라봤다. 노인이 나리아에게 물 잔을 내밀었다. 잔을 들고 있는 노인의 손도 주름투성이다. 끝이 뭉툭한 손톱

밑엔 새까만 때가 끼었다. 나리아는 잔을 받아 들며 물었다.

"뭐 하시는 분이에요?"

노인이 허허 소리 내어 웃었다.

"여태 내 소개를 하지 않았군. 사람들은 나를 꾁지어른이라 부른단다. 나이를 먹을 만큼 먹었다는 뜻이지. 하지만 아이들은 그냥 할아버지라고 부르지. 너도 그냥 할아버지라고 부르렴."

나리아는 빈 잔을 탁자에 내려놓았다. 할아버지는 나리아가 내려놓은 잔을 부엌 쪽으로 가져가며 말했다.

"나는 식물을 돌보는 일을 한단다. 아까 그 온실이 내가 일하는 곳이지."

노인이 나리아에게 물었다.

"네 이름은 뭐냐?"

"나리아예요."

"나리아라…… 좋은 이름이구나. 그런데 어디서 오는 중이냐? 행색을 보아하니 내가 모르는 곳에서 온 것 같은데, 아주 멀리서 온 게냐?"

나리아는 창밖으로 고개를 돌렸다. 유리가 온통 컴컴하다. 나리아는 조용히 입을 열었다.

"제가 살던 곳은 바론이에요. 하지만…… 어떻게 여기로 오게 됐는지 모르겠어요."

나리아는 망설이다 덧붙였다.

"혹시 여기가, 지구인가요?"

"지구가 아니면 어디겠냐?"

"그렇다면 땅이 없어야 하는데……."

"네가 있던 곳이 바론이라고 했냐?"

나리아가 고개를 끄덕이자 할아버지가 따라오라는 시늉을 했다.

할아버지가 나리아를 데려간 곳은 복도 끝에 있는 방이다. 할아버지는 방문을 열고 나리아가 먼저 들어갈 수 있도록 비켜섰다. 방은 벽난로가 있던 거실보다 크다. 창은 바닥부터 천장까지 이어져 있는데, 창을 열면 온실로 가는 통로가 나타났다. 창과 마주 보고 있는 벽에는 책들이 빼곡한 책장이 바닥에서 천장을 이루고 있다. 책장 옆에는 널찍한 책상이 있고, 잡다한 것들이 그 위에 잔뜩 쌓여 있다. 그러고도 방 한가운데는 꽤나 넓은 공간이 확보되어 있다. 등 뒤에서 문이 닫히는 소리와 함께 할아버지가 들어왔다. 돌아보던 나리아는 출입문 옆에 걸린 커다란 양탄자에 눈이 멎었다. 양탄자에는 할아버지가 목에 걸고 있는 것과 똑같은 동그라미가 수놓아져 있다. 양탄자의 윗부분에는 뜻 모를 글자도 새겨져 있다.

할아버지는 책장에서 두꺼운 책을 한 권 꺼냈다. 그리고 책상 위에 있던 안경을 집어 쓰며 책장을 넘겼다.

"바론, 바론, 바론이라……."

어느 순간 할아버지의 손이 멈췄다. 할아버지는 나리아에게 가까이 오라고 손짓했다. 할아버지는 나리아가 읽을 수 없는 글자들을 손가락으로 짚었다.

"내 생각에 너는 과거에서 온 것 같구나."

나리아의 눈이 휘둥그레졌다.

"과거요? 그럼 여기가 미래라고요?"

할아버지가 안경을 벗으며 고개를 끄덕였다. 나리아는 머릿속이 복잡했다.

바론에는 메포스밈이 있다. 그건 물건을 다른 장소로 옮기는 장비다. 하지만 생명체를 전송하는 건 위법이다. 아니 전송 자체를 막아 놓았다고 하는 편이 맞다. 나리아는 자신이 갇혀 있던 유리관이 메포스밈이었는지 의심했다. 하지만 그게 메포스밈이라고 해도 시간을 넘나들 수는 없다. 메포스밈은 공간 이동만 가능했다. 시간을 거스르거나 건너뛰는 건 여전히 기술 밖의 일이다.

"잘못 아신 거예요. 그런 일은 있을 수 없어요. 저는 단지 유리……."

나리아는 거기까지 말하고 입을 다물었다. 바론의 방에서 있었던 일을 떠올리고 싶지 않았다. 할아버지가 손에 들고 있던 안경을 책상 위에 내려놓으며 말했다.

"글쎄다. 하지만 여기 적힌 대로면 바론은 12번째 고리시대에 해당된다. 그리고 지금은 13번째 고리시대이지."

"고리…… 시대요?"

할아버지는 양탄자를 가리켰다.

"세계는 저 고리와 같이 둥근 원이라고 할 수 있다. 그리고 원은 끊임없이 돌고 돌아가지."

할아버지는 책장에 책을 도로 꽂았다.

"하지만 지금은 문제가 생겼지. 세상의 규칙들이 어긋나고 있거든. 사람들은 그걸 몸으로 느끼고 있는 중이란다. 어쩌면 고리의 끈이 생각보다 약해졌을 수도 있어."

나리아는 얼굴을 찡그렸다.

"무슨 말인지 하나도 모르겠어요. 고리시대도 그렇고, 뭐가 어긋났다는 건지……."

할아버지가 나리아를 돌아봤다.

"이해하지 못하는 게 당연하다."

할아버지는 그렇게 말하며 나리아가 만난 수색대에 대해 얘기했다. 수색대는 마을에 사는 주민들이다. 이곳 사람들은 때가 되면 자신의 힘을 몸 밖으로 끌어낼 수 있다고 했다. 그런데 최근에 그 힘에 문제가 생겼다고 했다. 사람들은 그 원인이 외부에 의한 거라고 믿었다. 그래서 정확한 이유를 알아내기 위해 마을 경계를 순찰하는 수색대를 꾸렸다고 했다. 나리아가 만난 사람들이 바로 그 수색대다. 나리아는 수색대에서 보고 들은 것들을 떠올렸다. 그들이 이상한 힘을 쓰던 것이나 자신을 경계하던 모습이 조금은 이해가 됐다. 하지만 자신을 죽이려 했던 일은 여전히 이해가 되지 않았다. 나리아가 물었다.

"아칸은 저를 죽이려고 했어요."

"아칸은 네가 죽지 않을 거라고 생각했을 거다. 그건 마투우리란다."

"마투우리요?"

"일종의 통과의례이지. 자신의 능력을 증명하는."

"증명이요? 저는 그런 거 할 줄 몰라요. 할아버지가 나타나지 않았다면 저는 죽었을 거예요."

할아버지가 고개를 저었다.

"오늘은 그만 쉬자꾸나. 궁금한 것들은 차차 알게 될 거다."

나리아는 입을 다물었다. 할아버지가 나리아의 표정을 살폈다.

"2층에서 지내렴. 방에 갈아입을 옷을 갖다 놨다."

그 말은 좀 이상했다. 집에 온 뒤로 할아버지는 나리아와 죽 같이 있었다. 물론 2층에 혼자 다녀오지도 않았다. 나리아가 물었다.

"제가 올 걸 알고 계셨어요? 어떻게 미리 옷을 갖다 놓으신 거예요?"

할아버지가 말했다.

"나무가 알려줬단다."

"나무요?"

할아버지는 대답을 피했다.

"내일 얘기하자꾸나."

나리아는 쏟아지는 질문들을 가라앉혔다. 지금까지 너무 많은 일들이 일어났다. 그것도 이해할 수 없는 일들이. 그걸 깨닫는 순간 몸이 바윗돌처럼 무겁게 느껴졌다. 지금은 할아버지 말대로 쉬어야 할 때다. 하지만 한편으론 두려웠다. 가리온도 그렇게 말했다. 편히 쉬라고. 하지만 그 다음에 어떤 일들이 벌어졌던가? 나리아는 조심스럽게 물었다.

"저를 속이는 건 아니시죠?"

할아버지는 나리아를 빤히 바라봤다. 그리고 진지한 얼굴로 말했다.

"그런 건 없단다."

할아버지 얼굴은 주름마저 단단해 보인다. 작고 까만 눈은 들판에서 본 바쿠를 닮았다. 나리아는 할아버지가 가리온하고는 다른 것 같아 마음이 놓였다. 만약 할아버지가 가리온처럼 미소 짓거나, 자신의 몸에 손을 댔다면 당장이라도 밖으로 뛰쳐나갈 생각이었다. 나리아는 보일 듯 말 듯 고개를 끄덕였다.

"알겠어요."

2층 방은 혼자 있기에 적당한 크기다. 정면에는 밖으로 열리는 네모난 창이 있고, 창문 아래에 침대가 놓여 있다. 왼쪽 벽에는 침대와 나란한 방향으로 서랍장도 있다. 가구는 그게 전부다. 나리아는 침대에 개켜진 옷을 펼쳤다. 품이 넓은 옷은 윗옷과 바지로 나뉘어 있다. 나리아는 너덜너덜해진 수트를 벗고 옷을 갈아입었다. 그때 주머니에 넣어 두었던 종이가 만져졌다. 나리아는 가슴이 철렁했다. 바론에서부터 자신을 따라온 물건이 있다는 생각만으로도 두렵다. 나리아는 돌돌 말린 종이를 조심스럽게 펼쳤다. 그러는 동안 수리치의 얼굴이 떠올랐다. 그 아이의 미소와 부드러운 목소리. 그 모습에 가슴이 두근거렸던 것도 생각났다. 얇은 종이 띠에는 글자가 적혀 있다. 기계로 쓰지 않은 손 글씨다. 나리아는 그걸 소리 내어 읽었다.

"내가 널 좋아해."

나리아는 글자들을 되풀이해서 읽었다. 이해할 수 없다. 나리아는 침대에 털썩 주저앉았다. 그리고 종이에 적힌 글과 수리치의 행동을 연관 짓기 위해 애썼다. 하지만 역시 무리다. 나리아를 바론의 방으로 데려간 건 다른 누구도 아닌 수리치다. 유리관에 자신을 넣은 것도 수리치다. 자신이 유리관 안에서 재가 되는 모습을 지켜보던 사람들 속에 수리치도 있었다. 수리치는 위선자다.

나리아는 손에 쥐고 있는 종이 띠를 내려다봤다. 좋아한다니. 다시 생각해 보면 자신이 수리치에게 느꼈던 감정도 그랬다. 좋아하는 감정. 그래서 수리치와 같이 있고, 얘기하고 싶었다. 그랬다. 나리아는 이제야 자신이 수리치를 좋아했다는 걸 알았다. 말에 담긴 힘은 그만큼 강했다. 좋아한다는 말엔 자신이 느꼈던 모든 감정이 함축되어 있다. 하지만 수리치의 행동은 거짓이 분명하다. 바론에선 이런 감정이 원칙적으로 불가능하다. 인류의 종속은 성인이 된 남녀의 몸에서 정기적으로 축출하는 정자와 난자로 가능하다. 남녀 간에 결혼이니 사랑이니 하는 것은 낡은 유물이다. 그런 건 불필요한 소모를 불러오기 때문에 죄악에 가깝다. 수리치도 분명 그렇게 알고 있다. 하지만 그때는 의심하지 않았다. 수리치가 자신과 같은 종류의 사람일 거라 생각했다. 하지만 이젠 모든 게 분명해졌다. 수리치는 거짓말을 했던 거다. 이런 거짓말까지 해서 자신을 속이려 했다는 사실에 치가 떨렸다. 나리아는 벗어 놓은 옷에 종이 띠를 쑤셔 넣었다. 그리고 옷을 아무렇게나 말아 침대 밑으로 밀어 넣었다. 더 이상 바론에 대해 생각하고 싶지 않았다.

새 옷에는 자동 체온조절 기능 같은 건 없다. 옷은 바람이 들락거릴 정도로 품이 넓다. 하지만 촉감이 보드라워 그럭저럭 견딜 만하다. 나리아는 창틀에 걸린 걸쇠를 벗겨 창문을 열었다. 풀 냄새를 머금은 공기가 방 안으로 달려들었다. 나리아는 몸을 창밖으로 내밀었다. 집에 들어오기 전 문 앞에서 봤던 마을 풍경이 한결 또렷하다. 집집마다 불이 켜져 있어서 언덕 아래에 별을 뿌려 놓은 것 같다. 불빛으로 수놓아진 마을 한가운데는 커다란 나무가 있다.

'나무.'

나리아는 번개를 맞은 기분이다.

"이거 본 적이 있어."

나리아는 몸을 더 내밀었다. 커다란 나무를 중심으로 반짝이는 불빛들. 그건 틀림없이 요람이 있던 방에서 봤던 모습이다. 갑자기 무서운 생각이 들었다. 자신이 엄청난 일에 휘말려 버린 것 같은 기분도. 나리아는 서둘러 창문을 닫았다. 까닭 모를 불안으로 가슴이 콩닥거렸다. 침대에 눈길이 닿자 이제 그만 쉬고 싶다는 생각이 간절했다. 나리아는 이불 속으로 들어가 침대에 누웠다. 열린 공간에서 잠을 자는 건 처음이다. 하지만 걱정과 달리 얼마쯤 지나자 이불이 따뜻해졌고, 웅크리고 있던 몸도 펴졌다. 어느 순간 나리아는 깊은 잠에 빠져들었다.

6번째 감각

나리아는 눈을 떴다. 눈꺼풀 안이 환해서 저절로 잠이 깬 거다. 시야가 또렷해지자 창문으로 비쳐든 햇살이 맞은편 벽을 하얗게 밝히는 게 보였다. 햇빛 속에 떠 있는 작은 부유물과 함께. 나리아는 햇빛 속으로 가만히 손을 뻗었다. 따뜻한 공기가 손가락 사이를 채웠다. 나리아는 몸을 쭉 펴고 침대에서 일어났다. 창문을 열었더니 바깥 공기가 한꺼번에 쏟아져 들어왔다. 이곳은 냄새로 가득한 세상이다. 코레가 낯선 곳이라는 느낌은 냄새로부터 왔다. 바론에서는 한 번도 맡아 본 적 없는 냄새들. 나리아는 냄새를 깊이 들이마셨다. 몸이 낯선 것들로 채워지는 기분이다.

나리아는 냄새가 지닌 기억의 힘이 강하다는 걸 알고 있다. 나리아에게는 몸을 씻는 세정제 냄새가 그랬다. 타리타움에서는 4살

때부터 혼자 방을 썼다. 관리자가 모든 걸 스스로 해야 할 시간이 됐다고 하던 날이 기억난다. 나리아가 무리에서 떨어져 혼자 한 일은 몸을 씻는 거였다. 처음엔 잘 되지 않았다. 거품 때문에 눈이 따가워서 배관을 찾지 못해 애를 먹었다. 그러는 동안 세정제 향은 몸속 깊이 각인되었다. 나리아는 수많은 세정제 중에서 그날 썼던 세정제를 바로 구분해 낼 수 있다. 그리고 그 향을 맡으면 거기가 어디든 순식간에 그날로 돌아갔다. 4살의 몸과 마음으로.

코레에서 나리아가 처음 인식한 냄새는 흙냄새다. 나리아는 처음엔 그게 연기에서 나는 냄새라고 생각했다. 하지만 그게 흙냄새라는 사실은 시간이 지날수록 분명해졌다. 흙은 건조하면서 축축하고, 비릿하고 알싸한 향을 지녔다. 나리아에게 코레는 흙냄새를 중심으로 수많은 냄새들이 섞여 있는 곳이다. 나리아는 눈을 감고 냄새에 집중했다. 방에서 나는 냄새, 집 안에서 나는 냄새, 바깥에서 나는 냄새. 공기와 바람에 섞인 냄새. 모든 것을 품은 공기는 달콤하고, 시큼하고, 시원하다. 또 축축하면서도 메마르고, 옅으면서도 짙다. 나리아는 냄새들의 정체를 생각하며 창밖으로 몸을 내밀었다.

언덕 아래 있는 마을이 보였다. 거대한 나무의 가지는 그 아래 있는 집들을 지붕처럼 덮고 있다. 집들 사이로 구불구불 뻗은 길이 있고, 그 길을 따라 사람들이 오가는 것도 보였다. 자세히 보니 집들은 나무를 중심으로 둥글게 지어져 있다. 바론도 그랬다. 도시의 건물은 탑을 중심으로 원을 그리며 뻗어 나갔다. 나리아는 머리를 흔들었다. 머리에서 바론의 기억을 떨쳐 내고 싶었다. 바론을 떠올릴 때마다 왼쪽 가슴에 통증이 느껴졌다. 불쑥불쑥 떠오르는 바론의 기억은 심장에 박힌 뉴로콘을 자각시켰다. 나리아는 창문을 닫고 돌아섰다. 바론을 떠올리지 않으려면 몸을 움직이는 편이 좋다. 마을에 가 보는 것도 좋을 듯하다. 나리아는 침대를 정리하고 방을 나섰다. 문을 열자 가지런히 놓인 신발이 보였다. 할아버지가 갖다 놓은 모양이다. 나리아는 신발에 발을 넣었다. 부드러운 천으로 마감된 안감이 맨살을 감쌌다. 집 안에서 할아버지의 기척은 느껴지지 않았다. 나리아는 문을 열고 밖으로 나갔다. 풀을 밟을 때마다 폭신한 느낌이 발바닥을 타고 전해졌다. 나리아는 신발 속에서 발바닥을 쫙 폈다. 그러면 땅을 밟고 있는 느낌이 더 잘 전해졌다.

나리아가 밟았다 떼면 풀들은 도로 일어났다. 나리아는 그게 신기했다. 밟는다고 풀이 죽거나 하지는 않는 것이. 나리아는 허리를 숙여 풀잎 하나를 꺾었다. 코끝에 갖다 대자 시원한 냄새가 난다. 그때 온실 안에서 그림자가 어른거렸다. 나리아는 마을로 가는 대신 온실로 갔다. 어른거리던 그림자는 할아버지다.

온실 문을 여니 온갖 식물이 뿜어내는 냄새로 가득하다. 온실은 바깥보다 따뜻하고 축축하다. 온실에 난 길은 한 명이 겨우 지날 정도로 폭이 좁다. 그 길을 뺀 나머지는 식물들로 가득하다. 어떤 식물의 잎은 길까지 뻗어 있다. 나리아는 시야를 막는 잎들을 걷어 내며 온실 안으로 깊숙이 들어갔다. 얼마쯤 지나자 할아버지가 웅크리고 있는 것이 보였다. 할아버지는 땅에 달라붙은 식물을 두 손으로 감싼 채 속삭였다. 나리아는 제자리에 서서 그 모습을 지켜봤다. 처음엔 할아버지가 혼잣말을 하는 것처럼 보였다. 하지만 할아버지는 누군가와 대화를 하는 눈치다. 속삭이듯 말하고 난 뒤에는 귀 기울이는 시늉을 하고, 가끔 알겠다는 듯 고개를 끄덕이기까지 했다. 나리아는 기척을 내며 할아버지가 있는 곳으로 갔다. 할아버지가 고개를 들고 나리아를 쳐다봤다.

"왔구나."

"뭐 하시는 거예요?"

할아버지는 식물이 심어진 흙을 토닥이며 말했다.

"이 녀석 말로는 내가 찾는 약효가 다른 녀석에게 있을 거라는구나."

"지금 풀하고 대화하신 거예요?"

자리에서 일어난 할아버지가 "끙" 소리를 내며 허리를 젖혔다.

"사람들은 누구나 자연에서 비롯된 6번째 감각을 타고 나지."

"6번째 감각이요?"

"내 안에 깃든 6번째 감각은 식물의 것이란다. 그래서 내가 식물과 대화를 할 수 있는 거지. 그리고 그걸 이용해서 사람들의 병을 고치는 약초를 만든단다. 네가 왔다는 것도 이 녀석들 덕에 알았지. 식물의 뿌리는 땅속에서 서로 얽혀 있거든. 그 뿌리를 통해 식물들은 정보를 주고받는단다."

"잠깐만요. 할아버지가 말하는 6번째 감각이라는 게, 혹시 초능력을 뜻하는 건가요?"

"초능력이라…… 우린 그냥 6번째 감각이라고 부른단다."

"이곳 사람들은 다 그런 힘을 갖고 있나요?"

"그렇지. 열다섯이 넘으면 자기에게 속한 자연의 힘이 무엇인지 알게 된단다. 그 전에는 그냥 씨앗처럼 존재할 뿐이지. 물론 자기 안에 있는 씨앗의 힘을 끌어내기 위해선 노력을 해야 하지."

나리아는 가리온의 말이 떠올랐다. 가리온은 특별한 힘을 가진 아이만이 올해의 아이가 된다고 했다. 하지만 그 특별한 힘은 나쁜 거다. 그런 힘을 가진 아이는 제거되어야만 했다. 나리아가 이미 겪었듯이 말이다. 나리아는 의심쩍은 얼굴로 물었다.

"위험하지 않나요? 그 6번째 감각 말이에요."

할아버지가 되물었다.

"어째서 그렇게 생각하는 거냐?"

나리아는 입을 닫았다. 바론에서 있었던 일을 설명할 자신이 없다. 바론에서 자신을 죽이려고 했던 일이 여기서도 일어나지 말라는 법은 없다. 이미 수색대에 의해 죽을 위기에 처하기도 했다. 나리아는 수색대를 떠올리며 물었다.

"수색대에서 누군가 손에 불을 피웠어요. 그것도 6번째 감각인가요?"

할아버지가 고개를 끄덕였다.

"그렇지. 수색대는 모두 열다섯이 넘었으니 자기에게 속한 6번째 감각을 갖고 있지. 하지만 최근 들어 문제가 좀 생겼단다. 사람들이 자기 힘을 조절하지 못하고 있거든."

"어째서요?"

할아버지가 나무에서 마른 잎을 떼어 내며 말했다.

"세상은 거대한 순환이다. 흐름에 문제가 생기면 이렇게 말라 버리는 일도 생기는 게지."

나리아는 할아버지 손에 들린 마른 잎을 바라봤다. 할아버지가 말했다.

"문제에 대한 원인을 찾는 건 쉬운 일이 아니란다. 또 문제를 바로잡는 것도 쉬운 일은 아닐 테고. 네 생각은 어떠냐? 우리가 어디서 원인을 찾아야 문제를 해결할 수 있을 것 같으냐?"

나리아는 갑작스런 질문에 당황했다. 여태껏 자신의 의견이나 생각을 묻는 질문은 받아 본 적이 없다. 나리아는 머뭇머뭇 대답했다.

"저는…… 뭐가 뭔지 잘 모르겠어요."

할아버지는 나리아의 머리칼을 바라봤다.

"네 안에도 6번째 감각이 있는 게지?"

나리아는 우물우물 대답했다.

"잘…… 모르겠어요."

그건 사실이다. 나리아는 자신 안에 있다는 힘에 대해 알지 못한다. 그런데도 그 이상한 힘이 있다는 이유로 죽을 위기에 처했다. 하지만 이곳에서는 초능력인지, 6번째 감각인지를 가진 게 죽을 만한 일은 아닌 듯 하다. 오히려 그 힘이 없는 게 문제가 될 수 있는 모양이다. 어제 나리아가 절벽으로 내몰렸던 것처럼 말이다.

할아버지는 더 이상 질문을 하지 않았다. 그 대신 곁에 있는 나무에 손을 대며 말했다.

"이 녀석은 뿌리에 상처를 입었구나."

할아버지는 나무가 심어진 땅을 꿰뚫듯 내려다봤다. 그리곤 걸음을 옮겨 다른 식물들을 살폈다. 나리아는 그렇게 할아버지를 따라 느릿느릿 온실을 한 바퀴 돌았다.

집으로 돌아온 할아버지는 음식을 차렸다. 식탁에 놓인 음식은 따뜻한 차와 빵이 전부다. 나리아는 할아버지가 하는 대로 음식을 입에 넣었다. 생각보다 맛이 좋아서 마음이 놓였다. 나리아는 풀 냄새가 나는 차를 입에 가져갔다. 그때 문이 벌컥 열리면서 남자

아이가 집 안으로 들어왔다.

"다녀왔습니다."

큰 소리로 인사하던 아이는 나리아를 보고 우뚝 멈췄다. 수색대처럼 경계하는 빛이 가득하다. 나리아는 컵을 도로 식탁에 내려놓으며 남자아이의 눈치를 살폈다. 남자아이는 네모나게 각진 얼굴이다. 피부는 구릿빛이고 옆으로 길쭉한 눈초리는 매서워 보이기까지 하다. 덥수룩한 머리에는 납작한 모자를 비스듬히 쓴 채다. 할아버지가 의자를 빼 주며 말했다.

"마오구나. 이리 와서 같이 먹자."

마오는 나리아에게서 눈을 떼지 않은 채 다가왔다. 할아버지가 마오를 올려다보며 말했다.

"인사해라. 이쪽은 나리아다. 이제부터 여기서 함께 지낼 거다."

할아버지가 이번엔 나리아를 보며 말했다.

"마오는 여기서 함께 살고 있단다. 어제는 심부름을 다녀오느라 집을 비운 거고."

마오는 나리아를 무시하고 말했다.

"수리네 아주머니가 감사하다는 말씀 전하라셨어요. 저번에 보내 준 약초 덕에 허리병이 나았다고요. 이번 것까지 먹으면 바쿠도 들어 올리겠다고 하셨어요."

할아버지가 고개를 주억거렸다.

마오는 선 채로 빵을 집어 들었다. 그리고 나리아의 잔을 들어 벌컥벌컥 들이켰다. 나리아는 그 모습을 물끄러미 바라봤다. 마오가 컵을 소리 나게 내려놓으며 물었다.

"할아버지가 말하던 그 아인가요?"

할아버지는 나리아를 보며 고개를 끄덕였다.

마오가 못마땅한 얼굴로 입술을 삐죽였다. 나리아도 그런 마오가 마음에 들지 않는다. 할아버지가 둘을 번갈아 보며 말했다.

"앞으로 사이좋게 지내거라."

나리아는 작은 소리로 "네" 하고 대답했다. 하지만 마오는 빵을 우적우적 씹을 뿐이다. 할아버지가 목소리를 돋웠다.

"이 녀석아 왜 대답이 없어?"

마오가 마뜩잖은 얼굴로 대답했다.

"알겠어요."

마오는 남은 빵을 입으로 밀어 넣더니, 새 빵을 집어 들었다. 할아버지가 못마땅한 표정을 지었다.

"계속 그렇게 서서 먹을 거냐?"

그제야 마오는 의자에 엉덩이를 살짝 걸쳤다. 할아버지가 차를 마시며 말했다.

"아침을 먹고 나리아를 유물터에 데려가거라. 가는 길에 마을도 둘러보고."

마오가 자리에서 벌떡 일어섰다. 그리곤 나리아를 노려보며 우물거리는 입으로 퉁명스럽게 말했다.

"빨리 안 나오면 혼자 가 버릴 거다."

마오는 할아버지가 뭐라고 하기도 전에 밖으로 나갔다. 나리아는 쾅 하고 닫히는 문을 멍하니 바라봤다. 할아버지가 고개를 흔들며 말했다.

"저래 봬도 속은 여리고 착한 아이란다. 같이 지내다 보면 좋아질 게다."

나리아는 천덕꾸러기가 된 기분이다.

밖으로 나와 보니 마오가 창턱 아래 앉아 있다. 앞으로 쭉 뻗은 다리 위에는 주름이 잡힌 펼침막이 놓여 있다. 얼핏 보기에도 펼침막은 두 사람이 덮고도 남을 만큼 컸다. 펼침막은 일정한 간격으로 늘어선 나무 살에 천이 덧대어져 있는 형태다. 마오는 끝이 꿰어진 뾰족한 막대로 올이 풀린 천을 나무 살에 단단히 고정시켰다. 손놀림이 야무지고 빈틈이 없다. 뭉툭한 손이 몇 번 왔다 갔다 했을 뿐인데 너덜대는 부위가 금세 말끔하다. 나리아가 나온 걸 알면서도 마오는 눈길 한 번 주지 않았다. 나리아는 참을성 있게 기다렸다. 마오는 손질한 펼침막을 차곡차곡 접었다. 나무 살에 연결 고리가 이어져 있는지 펼침막은 네모반듯하게 접혔다. 마오는 그걸 가방에 넣었다. 가방 안에서 달깍, 채워지는 소리가 났다. 참다못한 나리아가 입을 열었다.

"너도 6번째 감각이 있니?"

마오가 퉁명스럽게 대꾸했다.

"그건 알아서 뭐 하게."

나리아는 할 말을 잃었다. 마오는 멍하니 서 있는 나리아를 보며 말했다.

"서둘러. 이러다 해 지겠다."

해가 뜬 지는 얼마 되지도 않았다. 나리아는 기막힌 표정으로 마오를 바라봤다. 하지만 마오는 아랑곳하지 않고 성큼성큼 언덕을 내려갔다. 그렇게 한참을 걸어가더니 홱 뒤돌아서서 소리쳤다.

"뭐 해? 안 갈 거야?"

나리아는 집과 마오를 번갈아 봤다. 그러다 결국 언덕 아래로 방향을 잡았다. 마오를 따라가는 건 아니다. 마을에 가 보고 싶을 뿐이다. 정말로 그뿐이다.

마을과 유물터

마을로 내려온 마오는 영 딴판이다. 사람들에게 먼저 알은체를 하고 목소리도 퉁명스럽지 않다.

"안녕하세요."

"마오구나."

사람들은 나리아를 호기심 어린 눈으로 바라봤다.

"할아버지 손님이에요."

마오가 그렇게 말하면 사람들이 고개를 끄덕였다. 수색대처럼 나리아를 경계하지도 않았다. 할아버지란 말 한 마디면 절반만 하얀 머리칼도 문제가 되지 않는 모양이다.

사람들은 혼자나 여럿이 모여 일을 했다. 옷감을 짜거나 화덕 앞에서 요리를 하는 사람도 있다. 일을 대신해 주는 기계는 없다.

로봇이나 기계 대신 바쿠들이 사람들 주위를 어슬렁거렸다. 나리아는 여전히 바쿠가 무섭다. 하지만 사람들은 덩치 큰 짐승을 아무렇지도 않게 대했다. 오히려 바쿠의 등에 걸터앉아 편하게 이야기를 나누기까지 했다. 바론에선 동물과 식물은 식재료에 불과하다. 그것들이 사람들의 생활 속에 들어오는 경우는 없다. 하지만 이곳은 인간과 식물과 동물이 한곳에서 지냈다. 그것도 땅 위에서.

마을 사람들 중 몇몇은 수색대에서 만난 얼굴이다. 아칸도 그렇다. 아칸은 울타리 너머로 얼굴을 내밀었다.

"어이, 마오. 연료통이 말썽인데 봐 줄 수 있나?"

아칸은 나리아에게도 알은체를 했다.

"아, 너도 왔군."

마오는 아칸의 집으로 쑥 들어갔다. 나리아는 문 앞에 서서 주위를 둘러봤다. 붉은빛이 도는 흙벽은 오래된 느낌이다. 벽에는 창문들이 일정한 간격으로 늘어서 있는데 모두 바깥을 향해 열려 있다. 열린 창으로 마오와 아칸이 대화하는 소리가 들렸다.

"이번엔 다른 쪽이 말썽이야."

"너무 오래 쓰셨어요. 말썽이 날 때도 됐어요."

"그렇긴 해."

뭔가를 두들기는 둔탁한 소리들이 이어지더니 마오가 말했다.

"장비를 가져와야겠어요. 이것만 손보면 한동안은 말썽 없이 쓰실 거예요."

"다행이군. 새로 만드는 수고를 덜었어."

두 사람이 밖으로 나왔다. 아칸이 마오의 어깨를 두들겼다.

"역시, 이쪽은 네가 최고야."

마오가 대답했다.

"간단한 문제라 다행이에요."

아칸이 나리아를 보며 머쓱한 표정을 지었다.

"어제는 미안했다. 어르신 손님인 줄도 모르고 말이야."

나리아가 대답했다.

"왜 그러셨는지 할아버지께 들었어요."

아칸이 고개를 끄덕였다.

"어르신을 안다고 하면 네게 마투우리를 강요하지 않았을 거다. 어르신이 보증할 정도면 실력이 대단하겠지. 그렇지?"

나리아는 뭐라고 답변하면 좋을지 몰라 애를 먹었다. 그때 어디선가 사내아이가 튀어나왔다. 사내아이는 다짜고짜 제 손에 든 걸 나리아의 손바닥에 내려놓았다. 아이가 건넨 건 빨갛고 작은 알갱이다. 나리아가 물끄러미 내려다보자 마오가 말했다.

"딸기 열매야. 먹어도 돼."

아칸이 사내아이의 머리칼을 헝클어뜨렸다.

"녀석, 예쁜 누나가 맘에 들었나 보구나."

나리아는 열매를 입안에 넣었다. 알갱이에서 새콤하고 달달한 즙이 흘렀다. 나리아가 미소 짓자 사내아이가 덤불을 가리켰다. 아이가 가리킨 곳에 빨간 열매가 달린 나무들이 줄지어 있다. 아칸은 집 안에서 바구니를 가져오더니 아이와 함께 열매를 땄다. 마오와 나리아가 손을 보태니 작은 바구니가 금세 찼다. 아칸이 바구니를 나리아에게 내밀었다.

"이걸로 어제 일은 용서하렴. 어르신께도 죄송했다고 전해 드리고."

나리아는 고개를 끄덕이며 바구니를 받았다.

아칸의 집을 나와 얼마쯤 걷자 나무가 보였다. 언덕에서 보던 것과 달리 나무는 한눈에 담을 수 없을 만큼 크다. 마오가 나무를 올려다보며 말했다.

"봄에 나는 가지들을 엮으면 날개를 만들 수 있어."

"날개?"

마오는 메고 있는 가방을 보이며 자랑스럽게 말했다.

"할아버지가 만들어 주신 거야."

가방에는 마오가 손보던 펼침막이 들어 있다. 나리아가 가방에 손을 뻗자 마오가 뒤로 물러났다.

"함부로 만지면 안 돼."

나리아가 멋쩍어 하자 마오가 누그러든 목소리로 말했다.

"나무는 마을이 있기 훨씬 전부터 있었어. 그러니까 나무가 있어서 마을이 생긴 거야. 나무가 마을을 지켜 주거든. 우리는 중요한 일이 있을 때마다 나무에 모여서 의논해. 그러면 문제가 잘 해결돼. 할아버지 말씀대로 나무는 모든 걸 지켜봤기 때문에 현명해."

마오는 나무를 사람처럼 말했다. 나리아는 거대한 기둥과 굵고 가느다란 가지, 거기에 매달린 수많은 잎들, 그것들의 흔들거림을 지켜봤다. 엄청나긴 하지만 나리아의 눈에는 나무가 사람처럼 보이진 않는다. 침묵을 깨며 마오가 말했다.

"나무는 마을을 지키는 수호신이야."

그 순간 나리아는 움찔했다. 신이란 단어 때문이다. 그거야 말로 정말 오래된 유물이다. 신은 더 이상 존재하지 않았다. 모든 대륙이 바다 밑으로 가라앉던 날 신도 사라진 거나 마찬가지다. 사람들은 더 이상 신을 믿지 않았다. 만약 신이 있다면 바다가 땅을 먹어 버리는 일은 일어나지 않았을 거다. 그리고 만약 그게 신의 뜻이라면, 그 신은 나쁜 존재다. 나리아는 지금껏 그렇게 믿어 왔다. 하지만 마오에게 이런 말을 하면 안 될 것 같았다. 괜히 신에 대해 들먹거렸다가는 바론에서의 일이 입 밖으로 튀어나올 것 같다.

유물터는 마을에서 한참 벗어난 초원이다. 끝없이 늘어선 구덩이. 그것이 유물터의 모습이다. 마오가 말했다.

"땅속에 유물이 묻혀 있어서 이런 구덩이들이 생겨나는 거야."

마오는 할아버지를 도와 구덩이에 묻힌 유물을 발굴한다고 했다. 그 유물들로 역사의 빈 구석을 채우고 기록하는 것이 할아버지 일이라고 했다. 마오가 뻐기듯 말했다.

"기록은 고리세계를 이어 주는 또 다른 끈이야."

나리아가 바라보자 마오가 덧붙였다.

"할아버지가 그랬어."

그때 바람이 불더니 솜털 달린 홀씨들이 날아올랐다. 풀밭 위로 떠오른 홀씨들은 바람에 이리저리 떠밀렸다. 나리아는 손을 뻗어 그중 하나를 잡았다. 우산 모양의 솜털이 달린 홀씨는 타리타움에서 봤던 것과 비슷하다. 나리아는 기분이 이상했다. 타리타움에서 봤던 홀씨가 이곳으로 날아온 것이 아닐까 하는 생각이 들었기 때문이다. 하지만 그런 일은 있을 수 없다. 이곳엔 땅이 있지만 바론에는 땅이 없다. 홀씨는 땅이 있고, 풀이 자라는 곳에서만 볼 수 있는 거다. 나리아는 비행하는 홀씨들을 바라보며 양탄자에 그려진 둥근 원과, 원을 이루는 끈에 대해 생각했다. 그때 마오가 먼 곳을 가리켰다.

"산을 넘으면 다른 마을로도 갈 수 있어"

"마을이 또 있어?"

나리아의 목소리가 높아졌다.

"당연한 거 아니야."

마오는 그렇게 말하며 언덕을 내려갔다. 멍한 눈으로 산을 바라보던 나리아는 마오를 쫓았다. 얼마쯤 걷자 마오가 말했다.

"조심해. 구덩이 근처에 갈 때는 흙이 흘러내리지 않는 곳까지만 발을 디뎌야 해. 만약 흙이 흘러내리는 곳에 발을 댔다간 그대로 굴러떨어지고 말 거야."

나리아는 고개를 끄덕였다. 마오의 말투가 어른 같다.

"은색 테두리를 두른 구덩이는 조사가 끝난 거니까 가까이 가도 돼. 하지만 테두리가 없는 구덩이는 새로 생겨났거나 조사를 하지 않은 거라 흙이 무너질 수 있어."

마오가 가방을 고쳐 멨다.

"나는 새로운 구덩이들을 돌아봐야 해. 내가 돌아올 때까지 여기서 안전한 구덩이만 살펴봐."

"그럴게."

잠시 뒤, 마오는 나리아한테서 멀찍이 물러났다. 그리곤 가방 아래에 묶인 줄을 풀었다. 마오가 줄을 양손에 쥐고 힘껏 잡아당기자 가방이 좌르륵 펼쳐지면서 날개가 나타났다. 날개의 전체 길이는 마오의 키를 훌쩍 넘길 만큼 컸다. 나리아는 입이 쩍 벌어졌다. 마오가 가방 안에 넣은 펼침막이 날개가 될 줄은 생각도 못 했다. 나무와 천을 덧댄 날개는 예스럽고 근사한 멋이 났다. 또 수공

예품다운 단단함과 견고함을 지녔다. 날개는 마오와 잘 어울렸다. 마치 마오의 등에서 솟아난 것처럼 말이다. 마오는 보란 듯이 밧줄을 잡아당겼다. 그러자 날개의 중심축이 되는 둥근 원통 안에서 밧줄이 감겼다 풀렸다 하면서 날개가 펄럭였다. 마오는 날개의 움직임을 살피며 밧줄을 당기는 강도를 조절했다. 시간이 지날수록 날개의 움직임이 빨라지면서 마오가 서 있는 곳의 풀들이 사납게 몸부림쳤다. 어느 순간 마오가 하늘로 훌쩍 날아올랐다. 마오는 보란 듯이 나리아의 머리 위를 한 바퀴 돌더니 언덕 너머로 방향을 틀었다.

나리아는 마오의 모습에서 눈을 떼지 못했다. 어느새 마오는 바람을 타고 있다. 날개는 마오를 높이, 때론 빨리 날게 했다. 날개만으로 하늘을 날 수 있다는 사실은 놀라웠다. 에어윙 비행으로는 맛볼 수 없는 자유가 마오에게선 느껴졌다.

나리아는 마오가 우쭐거릴 만하다고 생각됐다. 어느덧 마오는 까만 점으로 보였다. 그러는 동안 나리아는 하늘을 나는 상상에 사로잡혔다. 하늘로 날아오른 홀씨가 바람에 몸을 맡기듯, 나리아도 그렇게 하늘을 유영하고 싶었다. 나리아는 마오가 시야에서 완전히 사라진 뒤에야 땅으로 시선을 돌렸다.

언덕 아래엔 수십 개의 구덩이가 펼쳐져 있다. 나리아는 이리저리 둘러보다 가장 가까이에 있는 구덩이로 발걸음을 옮겼다. 물론 은색 테두리가 있는 구덩이다. 가장자리에 서서 내려다본 구덩이는 아찔하다. 깊이를 가늠할 수 없을 정도로 깊은 구덩이는 컴컴한 구멍이나 마찬가지다. 잘못해서 구덩이에 빠지면 다시는 햇빛을 볼 수 없을 것 같았다. 나리아는 천천히 다른 구덩이로 발걸음을 옮겼다. 그때 근처에서 뭔가가 반짝였다. 빛이 반사된 곳은 테두리가 없는 구덩이다. 테두리 없는 구덩이에는 가까이 가지 말라던 마오의 말이 떠올랐다. 나리아는 다른 곳으로 걸음을 옮겼다. 그때 다시 한 번 구덩이에서 빛이 반짝였다. 나리아는 고개를 돌려 주위를 살폈다. 나리아 말고는 아무도 없다. 나리아는 발끝에 힘을 주며 반짝이는 구덩이 쪽으로 갔다. 반짝이는 것만 확인하고 물러날 생각이었다. 나리아는 구멍에서 서너 걸음 떨어진 곳에 멈췄다. 제자리에 서서 구덩이를 넘겨다보자 안쪽에 희끄무레한 게 보였다. 나리아는 한 걸음 더 다가갔다. 하얀 것의 색이 좀 더 또렷하다. 그건 진줏빛이다.

'진줏빛?'

나리아는 두어 발짝 더 다가갔다. 이제 고개를 숙이는 것만으로도 구덩이 속이 훤히 보인다. 구덩이가 시작되는 바로 아래쪽에 뭉툭한 것이 땅속에 박혀 있다. 손을 뻗으면 만질 수 있을 정도다. 나리아는 무릎을 세우고 앉았다. 그때 가장자리에 있던 흙이 구멍 속으로 흘러내렸다. 나리아는 너무 가까이 왔다는 걸 깨달았다. 하지만 이대로 물러서고 싶지 않았다. 나리아는 땅에 배를 깔고 누웠다. 앉아 있을 때보다는 안전한 느낌이다. 나리아는 배밀이로 다가가 구덩이 속에 손을 뻗었다. 햇빛이 반사된 곳은 칠이 벗겨진 은색 테두리다. 드디어 뭉툭하게 튀어나온 것이 손에 닿았다. 나리아는 거기 묻은 흙을 털어 냈다. 그러자 진주 빛깔이 온전히 드러났다. 나리아는 손바닥으로 흙을 말끔히 쓸어 냈다. 손으로 느낌을 더듬는데 어느 순간 오돌토돌한 부위가 만져졌다. 나리아는 구덩이 쪽으로 조금 더 다가갔다. 구멍 테두리에 쌓여 있던 흙이 안으로 굴러떨어지는 소리가 길게 이어졌다. 잠시 뒤, 나리아의 눈이 커졌다. 손가락이 닿은 곳에 글씨가 새겨져 있다. 그것도 자신의 이름이.

"어떻게 이게 여기에……."

바론의 방에 있던 요람이 분명하다.

나리아가 배에 힘을 주자 가슴을 받치고 있던 흙이 와르르 무너졌다. 나리아는 벌떡 일어나 뒤로 물러났다. 조금만 늦었다면 흙과 함께 구덩이로 빨려 들어갈 뻔했다. 구덩이로 흙이 굴러떨어지는 소리가 멈추자 마오의 목소리가 들렸다.

"여긴 위험하다고 했잖아."

마오는 가방을 갈무리하며 허둥지둥 다가왔다. 나리아는 마오의 화난 얼굴이 보이지 않았다. 나리아는 자리에서 벌떡 일어났고, 그대로 마오를 지나쳤다.

"할아버지한테 가야겠어."

마오가 방향을 틀어 나리아를 쫓아왔다.

"무슨 일이야?"

나리아는 흙이 무너져 내린 구덩이를 가리켰다.

"저건 내가 쓰던 물건이야. 그게 왜 여기 있는지 알아야겠어."

순간 마오의 얼굴이 굳어졌다.

"너, 정말 다른 세계에서 온 거야?"

마오의 말투가 수색대 같다. 나리아는 피곤함이 몰려왔다.

"내가 그렇게 못마땅하니?"

마오는 입을 꾹 다문 채 나리아를 노려봤다. 그리더니 한참 만에 고개를 돌리며 말했다.

"집으로 가자."

돌아가는 동안 둘 다 말이 없다. 해거름이 깔린 마을에는 굴뚝마다 연기가 피어오르고, 지평선에 퍼진 노을은 검붉은 색을 띄었다. 언덕에 있는 할아버지 집에도 불이 켜져 있다. 집 가까이 가자 문 앞에 있는 작은 형체가 벌떡 일어나더니 곧장 마오를 향해 달려왔다.

"오빠."

작은 여자애는 그렇게 외치며 마오의 품에 뛰어들었다. 마오가 시큰둥한 얼굴로 말했다.

"왜 왔어?"

"오빠 보러 왔지."

여자애가 나리아를 올려다봤다.

"언니가 나리아지? 할아버지가 그랬어. 예쁜 언니가 왔다고."

나리아가 물끄러미 내려다보자 여자애가 냉큼 덧붙였다.

"나는 미오야. 마오 오빠 동생 미오."

미오는 예닐곱 살쯤으로 보였다. 귀밑에서 양 갈래로 묶은 머리는 숱이 적다. 가만히 들여다보니 가느다란 눈매와 오똑한 코가 마오와 닮은 듯도 하다. 미오는 나리아와 마오의 손을 하나씩 붙들었다. 하지만 마오가 미오의 손을 뿌리쳤다.

"귀찮아. 나 먼저 갈 거야."

마오가 멀어지자 미오가 나리아를 올려다봤다.

"우리 오빠 뿔났지? 할아버지가 그랬어. 오빠 뿔났다고."

나리아는 미오를 내려다봤다.

"그런 것 같아. 왜 그런지는 모르지만."

미오가 작은 입을 오물거리며 말했다.

"오빠는 할아버지 엄청 좋아해. 이제 할아버지가 엄마 대신 우리를 키워 주니까."

나리아는 가족 단위로 살고 있는 마을 사람들을 떠올리며 물었다.

“부모님은 어디 계시는데?”

미오는 하늘을 가리켰다.

“엄마는 아빠한테 갔어. 오빠가 그랬어. 엄마는 이제 아빠랑 하늘에서 사는 거래. 나도 오빠처럼 날개가 생기면 엄마, 아빠 만나러 하늘에 갈 거야. 그게 내 꿈이야.”

이곳은 바론과 달리 죽음도 삶의 일부이다. 나리아가 고개를 끄덕이자 미오가 덧붙였다.

“우리 오빠 꿈은 할아버지처럼 되는 거야. 그래서 할아버지가 자기보다 다른 사람 좋아할까 봐 걱정되는 거야. 오빠가 그랬어. 누가 오는 거 싫다고. 할아버지는 그게 언니랬어. 내 말이 맞을 걸. 할아버지가 나더러 엄청 똑똑하다고 했거든.”

나리아는 마오가 쌀쌀맞게 구는 이유를 알 것도 같다. 하지만 그런 건 별로 중요하지 않다. 그보다는 왜 요람이 이곳에 있냐는 거다. 유물은 과거에 속한 물건이다. 바론의 물건이 여기 있다는 건 할아버지 말대로 이곳이 미래라는 얘기다. 그러면 바론은 당연히 과거가 된다. 나리아는 미오를 잡은 손에 힘을 주며 집으로 들어가는 문을 열었다.

이어지는 고리세계

미오는 수다쟁이다. 그 바람에 요람에 대한 이야기는 식사 뒤로 미뤄졌다. 미오는 새처럼 재잘댔는데, 대부분은 친척 아주머니 댁에 관한 거다. 미오가 살고 있는 곳은 할아버지 집이 아니라 마을에 있는 친척 아주머니 집이다. 그 집에는 세 명의 아이들이 더 있고, 그 애들이 저지르는 말썽으로 아주머니가 편할 날이 없다고 했다.

"아줌마는 제가 있어서 다행이래요. 제가 없다면 지붕이 날아가도록 고함만 지르다 해가 질 거라고 했거든요."

할아버지가 고개를 끄덕이며 맞장구를 쳤다.

"그렇지. 그렇고말고."

나리아는 묵묵히 음식을 먹었다. 마오도 마찬가지다. 미오가 마오를 보며 말했다.

"아줌마가 오빠더러 집에 자주 들르라고 했어."

마오가 시큰둥한 목소리로 대답했다.

"지금은 바빠. 나중에 갈 거야."

미오가 입을 삐죽였다.

"그거 주우러 다니느라 그렇지?"

마오가 벌컥 짜증을 냈다.

"정말로 바쁘다고."

그래도 미오는 아랑곳하지 않는다.

"걱정 마. 내가 오빠 도와줄게."

마오는 입으로 가져가던 빵을 접시에 내려놓으며 싸늘하게 말했다.

"유물터에 혼자 가면 가만두지 않을 거야."

미오가 겁먹은 얼굴로 할아버지를 쳐다봤다. 할아버지가 마오를 보며 물었다.

"마오, 아직도 금속판을 모으는 게냐?"

마오는 빵을 들어 한 입 베어 물었다.

"조금만 더 모으면 돼요."

"조심해야 한다."

"네."

할아버지가 이번엔 미오와 눈을 마주쳤다.

"미오야, 오빠는 걱정이 돼서 그러는 거란다. 그러니 유물터에 혼자 가지 않겠다고 약속하렴."

머뭇거리던 미오는 고개를 쳐들고 말했다.

"나도 오빠만큼 용감해."

마오의 얼굴이 험상궂게 변했다. 하지만 미오는 기가 죽기는커녕 마오를 향해 혀를 쏙 내밀었다. 마오의 얼굴이 붉으락푸르락하다. 마오의 거친 말투와 행동은 어린 여동생에게 별 효과가 없었다. 나리아는 그만 피식 웃음이 났다. 그러자 미오가 깔깔깔 소리 내어 웃었다. 할아버지는 허허허 느린 웃음을 웃는다. 웃음이 전염이라도 된 듯하다. 웃지 않는 건 마오뿐이다. 마오는 웃는 것도 우는 것도 아닌 어정쩡한 얼굴로 세 사람을 바라봤다.

쉬지 않고 재잘대던 미오는 그릇을 치우는 동안 잠이 들었다. 마오는 미오를 안아다 방에 눕혔다. 마오가 방에서 나오자 할아버지가 말했다.

"둘 다 이쪽으로 오너라."

할아버지는 벽난로 앞에 자리를 잡았다. 벽난로 밖으로 벌겋게 달아오른 장작의 열기가 뿜어졌다. 할아버지는 불쏘시개로 달궈진 장작을 이리저리 옮겼다. 그때마다 작은 불티들이 탁탁 소리를 내며 위로 솟아올랐다. 나리아는 점등식이 있던 밤이 떠올랐다.

하늘에서 쏟아지던 불꽃과 사람들의 환호성. 기대와 설렘이 가득했던 밤. 그렇게 들뜬 마음이 자신의 죽음을 독촉하는 일이 될 줄은 꿈에도 몰랐다. 마침내 할아버지가 물었다.

"자, 이제 얘기해 보렴."

할아버지의 질문은 나리아를 향한 거다. 나리아는 머뭇거리다 입을 열었다.

"구덩이 안에서 요람을 봤어요. 제가 쓰던 요람이요. 그게 왜 거기 있는지 모르겠어요."

할아버지는 구부정한 허리를 의자 등받이에 기댔다.

"구덩이에 있는 건 모두 이전 시대의 유물이란다."

나리아는 누군가 쓰던 물건이 유물이 되기까지 어느 만큼의 시간이 흘러야 하는지 생각했다. 몇 십 년? 혹은 몇 백 년? 아니면 그 이상? 어쨌든 시간의 흐름을 빼고는 구덩이에 있는 요람을 설명할 방법이 없다. 하지만 나리아는 여전히 믿기지 않았다. 자신이 그만큼의 시간을 넘어 미래로 왔다는 것이. 나리아의 목소리가 떨렸다.

"바론이 정말 사라졌나요? 전부 다요?"

할아버지는 고개를 들어 천장을 바라봤다.

"아마도, 그럴 테지."

"언제요? 어떻게 사라졌는데요?"

나리아가 따지듯 묻자 할아버지가 덩달아 목소리를 높였다.

"이 녀석아, 바론인지 뭔지를 내가 사라지게 했다더냐?"

나리아는 고개를 숙였다.

할아버지가 끙 하는 신음소리를 내며 자리에서 일어났다.

"따라오너라."

잠자코 있던 마오가 벌떡 일어나 할아버지를 부축했다. 할아버지를 따라간 곳은 온실로 통하는 창이 있던 방이다. 방은 발 디딜 곳이 없을 정도로 어질러져 있다. 책장에 꽂혀 있던 책들이 책상이며 바닥에 아무렇게나 펼쳐진 탓이다. 할아버지는 펼쳐진 책들을 발로 밀며 앞으로 나아갔다.

"너희들이 유물터에 있는 동안 자료들을 살펴봤다."

어둠이 들러붙은 창밖으로는 아무것도 보이지 않았다. 할아버지는 둥근 원이 수놓아진 양탄자를 마주 보며 말했다.

"마오야, 위에 적힌 글을 읽어 보거라."

마오는 글자들을 또박또박 읽었다.

"에띠아 도 라스데."

나리아의 귀에는 무슨 주문 같다. 할아버지가 물었다.

"무슨 뜻이냐?"

마오가 대답했다.

"끝은 곧 시작이다."

할아버지가 손가락으로 커다란 동그라미를 가리켰다.

"이건 우리가 사는 세계다. 세상은 여기 그려진 둥근 원과 같다. 끊임없이 돌면서 새로운 세상이 생겨나고, 사라지고, 다시 생겨나기를 반복하는 거다. 이전 세계가 사라지고 새로운 세계가 열릴 때마다 원은 조금씩 커졌다. 기록에 의하면 지금은 13번째 고리시대에 해당한다. 나리아 네가 있던 곳은 이보다 앞선 12번째 고리시대다. 하지만 나로서도 네가 있던 시대가 어떻게 끝났는지는 알지 못한다. 우리 시대로 전해진 것은 몇 안 되는 유물이 전부이기 때문이지. 하지만 네가 속했던 시대보다 훨씬 더 오래된 시대의 자료들은 오히려 많다. 지구에 문명이 시작되던 시대에는 뭐든지 기록되었거든. 그림이던 글씨던 말이다. 하지만 기계의 힘을 빌리는 시기부터는 기록물이 현저히 줄어들기 시작했지. 기계 안에 갇힌 기록들은 그것이 파괴되면서 함께 사라졌다. 기계를 복원하는 기술까지 전해지지 않으면 무용지물이 되는 거지. 12시대의 흔적이 기록이 아니라 유물로 남겨지게 된 것도 그 때문이다. 나는 12시대의 유물을 통해 고리세계의 역사를 완성하는 일을 맡고 있다. 어쩌면 네가 이곳에 온 것이 우연은 아닌 것 같구나. 마침 작업에 더 이상 진척이 없던 중이니 말이다. 기록은 선택 받은 사람들 사이에서 이어져 왔지. 입에서 입으로, 그리고 고전적인 방식인 기록을 통해 말이다. 우리는 이들을 '시간을 이어가는 자'라고 부른다."

할아버지가 품에서 목걸이를 꺼냈다. 둥근 메달을 본 마오의 눈이 흔들렸다. 가죽 끈에 매달린 동그란 메달은 양탄자에 새겨진 것과 같은 모양이다. 할아버지가 말했다.

"이 메달은 수십 갈래의 실들로 이루어져 있단다. 시간을 이어가는 자들 사이에서 기록과 함께 전해졌지. 다음 사람에게 전해질 때마다 새로운 실이 한 가닥 추가되는 방식으로 말이다. 그렇게 원의 크기가 조금씩 커졌지"

할아버지는 동그라미 모양의 메달을 도로 품에 넣었다. 그리고 책상에 펼쳐진 책을 한 권 찾아 들었다.

"네가 이곳에 오기 직전에 대한 기록은 거의 남아 있지 않아서 그곳이 어떤 곳인지는 알 수 없다. 하지만 기록들을 살펴보다 새로운 사실을 알게 되었지. 이전 세계에서 이곳으로 연결되는 마지막 순환 단계에서 뭔가 문제가 생겼다는 걸 말이다. 어떤 강력한 에너지가 다음 세계로 이어지는 시간의 흐름을 방해하고 있었다. 그건 마치 영원불멸을 꿈꿨던 것 같더구나."

나리아의 머릿속에 바론이 스쳤다. 하지만 나리아는 입을 다문 채 할아버지 말에 귀 기울였다.

"그게 뭔지는 알아내지 못했다. 하지만 다른 걸 알아냈지. 이미 오래전부터 이런 현상에 대한 경고가 있었다는 걸 말이다. 지금 코레에서 벌어지는 이상한 일들, 그러니까 6번째 감각에 이상이 생긴 것도 오래된 예언과 무관하지 않다는 생각이다. 나는 어리석게도 그걸 오늘에야 깨달았단다. 예언에는 시간의 흐름을 방해하는 힘이 너무 강해서 이후로 이어질 미래 세계 전체에 영향을 줄 수 있다는 경고가 담겨 있었다."

마오가 끼어들었다.

"무슨 경고요?"

할아버지가 머뭇거리며 말했다.

"아무것도 없는 미래다."

아무도, 아무 말도 하지 않았다. 나리아는 침묵에 담긴 무게를 느꼈다. 무거운 침묵은 공기의 밀도를 강하게 했다. 나리아는 숨이 막혔다. 잠시 뒤, 마오가 더듬더듬 물었다.

"아무것도, 없는, 미래요?"

할아버지가 연필로 종이에 동그라미를 그린 뒤에 손가락으로 선이 끝나는 마지막 지점을 짚었다.

"내 생각에는…… 바로 여기가 나리아가 있던 12번째 고리세계의 끝인 것 같구나. 그리고 지금 이곳의 문제는 그곳과 연관이 있고 말이다."

할아버지는 다시 손가락으로 선을 따라 동그라미를 그렸다. 그리고 동그라미가 처음 시작되던 지점에 손가락을 짚었다.

"그리고 여기. 지금 우리가 있는 곳이 바로 13번째 고리세계의 시작점이다. 저기 적힌 글귀처럼 끝은 곧 시작이기도 하지. 그러니까 지금은 새로운 순환의 시작과 끝 지점일 게다. 하지만 무슨 이유에서인지 모르지만 이 연결 지점에 틈이 생긴 게 아닐까 싶구나."

나리아와 마오가 동시에 물었다.

"틈이라고요?"

할아버지는 양탄자의 고리를 가리켰다.

"인간은 순환되는 원 안에서 이어져 왔기 때문에 자신이 어느 시기에 속해 있는지 알 필요가 없었다. 아니, 인식할 수도 없지. 하지만 거기에도 엄연히 시작과 끝이 존재한다. 이 두 지점이 연결되는 시점이 가중 중요한 때이지. 나는 지금이 그 시기가 아닌가 한다. 아니, 시작과 끝이 맞을 게다. 만약 시작과 끝이 연결되지 않는다면 고리의 순환은 끊어질 수도 있다. 그것은 진정한 의미의 파괴이지."

할아버지는 다시 동그라미가 끝나는 마지막 지점을 손가락으로 짚었다.

"만약 여기에 어떤 문제가 생기고, 그로 인해 틈이 발생됐다면 누군가 올 수도 있을 거다. 나리아처럼."

나리아는 어렵게 입을 뗐다.

"왜. 제가……."

할아버지가 고개를 저었다.

"글쎄다……."

뭔가를 생각하던 할아버지는 이렇게 덧붙였다.

"내 생각에는 네게도 6번째 힘이 있을 것 같구나. 아무나 시공간의 틈을 넘어서는 것은 아닐 테니 말이다. 어떠냐 내 생각이?"

나리아는 바짝 긴장했다. 바론에서 들은 힘이 이곳에서는 6번째 감각이다. 하지만 나리아는 그것 때문에 죽을 뻔했다. 그리고 그런 힘을 가졌다는 이유로 죽지도 살지도 못하는 아이들이 바이탈크론에 갇혀 있다. 이곳으로 오지 않았다면 나리아도 그들 중 하나가 되었을 거다. 나리아는 자신을 죽음으로 몰고 갔던 힘이 자신 안에 있다는 걸 인정하고 싶지 않다. 하지만 자신에게 그런 힘이 없다면 소각 시스템이 작동된 유리관에서 시공간을 넘어온 것이 설명이 되지 않는다. 나리아는 유리관에서 일어났던 일을 떠올렸다. 엄청난 회오리와, 회오리로 생겨난 검은 구멍, 구멍을 향해 솟구쳤던 자신을. 확실한 건 그런 경험을 다시 하고 싶지는 않다는 거다. 나리아는 천천히 입을 뗐다.

"잘 모르겠어요."

"여기 오기 전에 이상한 일들은 없었냐?"

나리아는 할아버지가 모든 걸 꿰뚫어 보는 기분이다. 그 눈빛에는 진실을 요구하는 힘이 실려 있다. 마오 역시 호기심 어린 눈으로 나리아의 답을 재촉했다. 나리아는 기어들어 가는 목소리로 말했다.

“환영 같은 걸 보기는 했어요.”

“어떤 환영을 말이냐?”

“마을에 있는 나무를 봤어요. 집들도요.”

마오의 눈이 커졌다. 할아버지는 그럴 줄 알았다는 표정이다. 할아버지의 질문이 이어졌다.

“여기 오기 전에 무슨 일이 있었던 거냐?”

나리아는 이 질문만큼은 피하고 싶었다. 자신에게 벌어졌던 일들을 입 밖으로 꺼내는 데는 엄청난 힘이 필요하다. 할아버지와 마오는 나리아의 대답을 참을성 있게 기다렸다. 나리아는 팔로 몸을 감싸며 말했다.

“바론이 나를 죽이려고 했어요.”

마오의 입이 벌어졌다. 할아버지의 표정은 그보다 복잡하다. 나리아는 두 사람의 눈을 피해 양탄자를 쳐다봤다. 거기 새겨진 동그라미가 꿈틀거리는 것 같다. 마치 살아 있는 뱀처럼.

바론의 추적

바론의 방은 긴장으로 가득하다.

연구원들은 유리관을 둘러싼 테이블에 앉아 모니터에서 전달되는 정보를 확인하느라 정신 없다. 여인의 모습을 한 바론은 방이 한눈에 내려다보이는 곳에 있다. 모든 정보는 일차적으로 바론에게 전달되고, 바론은 그 정보들을 분류해서 연구원들이 보고 있는 모니터로 전송한다. 바론을 통과하지 않는 정보란 있을 수 없다.

가리온은 바론 옆에서 연구원들을 지켜봤다. 수리치가 그런 가리온을 곁눈질했다. 가리온이 손가락으로 연신 테이블을 두들기는 것이 자신을 향한 질책 같다. 수리치는 그날 이후 행동을 조심했다. 자신의 몸에 어떤 변화가 있는지도 꼼꼼히 살폈다. 다행히 아직까지는 아무런 변화도, 느낌도 없다. 수리치는 언젠가 자신도 나리아처럼 될지도 모른다는 불안에 시달렸다. 이제 나리아는 누구도 부정할 수 없는 공공의 적이 되었다. 오래전 도시에 숨어 살았다던 브레이커처럼 나리아도 어딘가에 숨어 있는 게 분명하다. 가리온은 책임감이 강한 사람이다. 5년마다 열리는 의장단 회의에서 3번 연속 바론의 대행자로 선출된 것만 봐도 알 수 있다. 가리온의 임기는 아직 2년이나 남았다. 하지만 이번 일은 그의 업적에 치명적인 오점이 될 수 있다. 그 불똥이 어디로 튈지는 아무도 모른다. 수리치는 방 한가운데 있는 유리관을 보며 생각했다.

'어디에 있을까?'

나리아가 숨은 위치만 문제가 되는 것은 아니다. 가장 큰 의혹은 나리아가 어떻게 사라졌냐는 거다. 가리온은 이따금 유리관을 힐끔거리며 인상을 썼다. 금이 간 유리관이 그의 심기를 불편하게 만드는 게 분명하다. 어금니를 꽉 깨물고 있던 가리온이 이윽고 불편한 심기를 드러냈다.

"이런 식으로 골탕 먹일 줄이야."

그때 벽에 달린 스피커에서 규칙적인 심장박동 소리가 울렸다. 모두가 움직임을 멈추고 소리에 집중했다. 테이블을 두들기던 가리온의 손도 멈췄다. 심장 소리와 함께 바론의 음성이 들렸다.

"나리아 N30875의 신호를 잡았습니다."

가리온의 얼굴이 펴졌다.

"살아 있군? 어딘가?"

바론을 이루고 있는 띠가 선명한 초록빛을 띠었다.

"위치는 확인되지 않습니다."

"어째서 위치 파악을 못하는……."

바론이 가리온의 말을 잘랐다.

"바론의 정보는 정확합니다."

가리온이 어딘가 모르게 비굴한 얼굴을 했다.

"아. 의심을 한 건 아닌데. 다만 심장박동을 포착했다면 위치도 파악이 되었을 텐데."

바론이 대답했다.

"위치가 출력되지 않는 건 나리아 N30875가 모르스란 증거입니다."

가리온이 고개를 끄덕였다.

"아, 깜박했군. 모르스."

수리치는 잠자코 가리온과 바론을 지켜봤다. 어쩐지 바론은 가리온보다도 지위가 높은 느낌이다. 도시가 세워지고 수세기가 지나는 동안 바론은 스스로 진화했다. 인류가 쌓아 온 모든 정보가 바론에 축적되고, 누구도 그런 바론보다 위대할 수는 없다. 바론의 판단은 인간의 생각을 앞지른다. 그리고 언제나 옳다. 인간은 믿지 못해도 바론은 믿는다. 바론의 판단은 인류의 선을 지향한다. 따라서 바론이 있는 한 인류는 영원히 지속된다. 그런 이유로 바론은 지금까지 추앙 받아 왔다. 그렇기 때문에 가리온도 바론에게 쩔쩔매는 거다. 수리치도 그게 당연하다고 여겼다. 나리아가 사라지기 전까지는 말이다. 하지만 지금은 어쩐지 의심스러운 생각이 든다.

바론시가 건설되던 시기에는 바론도 인간의 통제를 받았다. 도시를 건설한 기술자들이 살아 있을 때의 바론은 명령을 받는 컴퓨터에 불과했다. 하지만 그들은 오래전에 죽었다. 사람의 수명은 유한하지만 바론의 수명은 무한하다. 도시가 안정되면서 바론은 동력을 스스로 생산하는 체제로 변화했다. 자신을 위한 동력뿐만 아니라 인간을 위한 동력까지. 그때부터 바론은 모든 걸 통제했다. 아니, 그건 통제가 아니라 보살핌이다. 수리치는 공증식 전까지 그렇게 믿었다. 바론이 인간을 보살피지 않으면 인류는 멸망한 거나 다름없다. 그렇기 때문에 1급 위기 상황이 발생될 경우, 바론에 대한 보호는 그 무엇보다 우선한다. 바론이 케어 능력을 상실하면 아무도 살 수 없기 때문이다. 수리치는 바론을 바라봤다.

'정말 바론 없인 살 수 없을까?'

그러다 수리치는 고개를 흔들었다. 자신의 생각이 언제부터 이렇게 불온했는지 걱정스러웠다. 그것이 공증식 날 자신에게 나타난 증상 때문인지, 나리아가 사라진 일을 겪은 뒤부터인지, 아니면 인공 산실에서 태어날 때부터인지 알 수 없다. 하지만 분명한 건, 시간이 지날수록 바론에서 일어나는 모든 일이 의심되고 부자연스럽게 느껴진다는 거다. 뭔지는 알 수 없지만 거대한 부조리함에 갇힌 느낌. 수리치는 딱 그런 느낌이다. 어쩌면 나리아는 훨씬 전부터 이런 느낌을 가졌는지도 모른다. 타리타움에 있을 때부터. 만약 그렇다면 나리아가 어떻게 그 긴 시간을 견뎌 낸 건지 이해가 되지 않았다. 그만큼 수리치는 시시각각 불안과 초조를 느꼈다. 그때, 방 전체를 가로지르는 모니터에 붉은 점이 나타나면서 바론의 목소리가 들렸다.

"나리아 N30875의 신호를 포착했습니다."

연구원들이 웅성거렸다. 붉은 점이 한 곳에 고정되지 않고 모니터 안을 빠른 속도로 돌아다녔기 때문이다. 누군가 본부석을 향해 물었다.

"저런 움직임은 이해할 수가 없는데, 혹시 시스템 이상은 아닙니까?"

가리온이 뭐라고 하기도 전에 바론의 목소리가 울렸다.

"바론의 시스템은 완벽합니다."

하지만 동요는 쉽게 가라앉지 않았다. 다른 연구원이 말했다.

"인간이라면 저런 식으로 움직일 수 없습니다. 붉은 점의 이동을 분석하면 빛보다 빠른 속도로 감지됩니다."

바론이 고집스런 목소리로 반복했다.

"모르스이기 때문입니다."

가리온은 바론을 거들었다.

"모르스라면 저럴 수 있지."

바론이 그렇다면 그런 거다. 연구원들이 수긍하는 태도로 하나 둘 고개를 끄덕였다. 규칙적인 심장박동 소리와 함께 빛보다 빨리 움직이는 붉은 점. 수리치도 그것이 나리아란 사실을 의심하지 않았다. 하지만 마음 한구석이 찜찜하다. 정말 나리아는 모르스인가? 나리아를 모르스라고 인정하는 순간 자신 역시 모르스가 된다. 수리치는 공증식 날 자신에게 일어난 신체 변화가 거짓이면 좋겠다고 생각했다. 이렇듯 수리치는 나리아에 대한 이중적인 감정과, 자기 자신에 대한 이중적인 감정으로 갈피를 잡지 못했다.

'앞으로 어떻게 되는 걸까?'

모르스에 대한 처리 기준은 명확하다. 모르스가 발생될 경우 모든 시스템은 모르스 제거를 우선으로 한다. 이것이 바론의 제1원칙이다. 그것보다 우위에 있는 원칙은 '긴급 위기 상황시 바론은 스스로를 보호한다'는 거다. 하지만 긴급 위기 상황이 발생할 일은 제로에 가깝다. 바론의 통제 시스템은 그만큼 완벽하다. 문제는 역시 모르스에 대한 거다.

'제거.'

수리치는 그 말을 곱씹었다. 하지만 나리아를 어떻게 제거한다는 건지는 이해가 되지 않았다. 지금까지 수리치가 생각한 모르스는 생물학적인 것이라기보다는 시스템적인 것에 가깝다. 생물학적으로 정복되지 않는 바이러스란 존재하지 않는다. 수세기 동안 인류를 멸망으로 몰고 갈 뻔한 바이러스가 출몰했지만, 그로 인해 인류가 진짜 멸망한 적은 없다. 인간은 면역이라는 독특한 유전인자로 결국엔 바이러스를 이겨 냈다. 정작 인류를 멸망시킬 뻔했던 원인은 악성코드로 분류된 시스템 모르스다. 악성코드는 시스템 검열로 백 퍼센트 감지가 가능하다. 나아가 발생 자체를 차단할 수도 있다. 만약 발생된다 하더라도 제거하면 그만이다. 제거란, 존재하지 않았던 것처럼 흔적을 지우는 것을 의미한다. 그게 바론의 역할이다. 하지만 나리아는 존재 자체를 지울 수 있는 악성코드가 아니다. 만약 나리아가 모르스라면, 생물학적인 바이러스로 구분되어야 한다. 생물학적인 바이러스는 어떻게 제거해야 하나? 수리치는 그 부분이 이해가 되지 않았다. 수리치는 스피커를 통해 전달되는 심장박동 소리에 의식을 모았다. 그건 심장이 몸 전체로 피를 보내기 위한 펌프 소리다. 기계가 아닌 살아 있다는 증거다. 따듯하고 붉은 피를 뿜어내는 심장. 수리치는 나리아의 가녀린 팔뚝을 떠올렸다. 나리아의 심장에 뉴로콘을 넣는 일을 자신도 도왔다. 심장박동 소리는 그 뉴로콘을 통해 전송되고 있다.

'저게 나리아가 아니면.'

그때 가리온이 말했다.

"위치가 고정된 뒤엔 어떻게 되나?"

바론이 대답했다.

"나리아 N30875는 제거될 겁니다."

드디어 '제거'라는 말이 공식화됐다. 연구원들은 그럴 줄 알았다는 듯 표정에 변화가 없다. 가리온도 마찬가지다. 가리온은 그 누구보다 '제거'가 빨리 이루어지길 바라는 눈치다. 연구원들에게 이런 저런 지시를 내린 가리온은 바론의 방을 나섰다. 수행 연구원들이 그 뒤를 따랐고, 수리치도 마지막에 붙어 따라갔다. 엘리베이터에 오르자 가리온이 가늘고 길게 휘파람을 불었다. 그가 수행원들을 돌아보며 물었다.

"이제야 마음이 좀 놓이는 군. 그렇지?"

모두가 고개를 끄덕였지만 수리치는 그러지 못했다. 가리온이 다짐하듯 중얼거렸다.

"바론이 깔끔히 처리할 테니 마음 놓자고."

수리치는 가리온처럼 마음이 쉽게 정리되지 않았다. 수리치의 귓속에서 나리아의 심장 소리는 무한 반복됐다.

수련

미오는 아침 일찍 아주머니 댁으로 내려갔다. 미오가 가 버리자 할아버지는 양탄자가 있는 방에서 파란색 둥근 막대를 가져왔다. 할아버지가 내보인 막대는 손가락 크기에 노란색 나선형 무늬가 그려져 있다.

"오늘부터 6번째 감각을 끌어내는 수련을 할 거다."

나리아와 마오는 서로 멀뚱멀뚱 쳐다봤다.

"너희 둘 다."

마오가 화들짝 놀란 목소리로 되물었다.

"저도요?"

할아버지가 단호한 얼굴로 고개를 끄덕였다. 마오가 볼멘소리를 했다.

“하지만, 전 해야 할 일이 있다고요. 유물터에 새로운 구덩이도 살펴봐야 하고, 마을에 고쳐 줘야 할 물건도 몇 개 있어요. 지금처럼 감각이 불안한 때 그런 것에 시간을 쏟을 필요는 없잖아요.”

할아버지가 딱하다는 얼굴로 말했다.

“이 녀석아, 안 될수록 열심히 해야지. 네가 손재주가 좋은 건 알고 있지만 그것만으로는 안 된다고 몇 번을 말해. 대체 언제까지 산과 들로 쏘다닐 셈이냐? 이제 그만 마음을 잡아야지. 시간을 이어가는 일에는 관심도 없는 게야? 네가 마음을 잡아야 내 마음도 놓일 게 아니냐.”

마오의 눈동자가 흔들렸다. 마오는 고개를 숙이며 중얼거렸다.

“나리아를 후계자로 생각하시는 줄 알았어요.”

할아버지가 혀를 찼다.

“그런 못난 생각을 하면 마음도 삐뚤어지는 법이다.”

마오가 손등으로 눈가를 훔쳤다. 나리아는 미오에게 들었던 말을 떠올리며 말했다.

“네 자리 뺏을 생각 같은 건 없어.”

마오의 얼굴이 붉어졌다.

할아버지가 헛기침을 하며 쇠막대를 탁자에 올려놓았다.

“이건 보통 막대가 아니다. 특별한 힘에만 반응하도록 되어 있는 막대지. 너희가 6번째 감각을 끌어내면 이 막대가 반응을 보일 거다."

나리아가 물었다.

"제 안에도 정말 그 힘이 있는 걸까요?"

할아버지가 안경 너머로 나리아를 봤다.

"내 짐작으로는 그렇다."

할아버지는 탁자를 짚고 있던 손을 떼며 허리를 폈다.

"나리아, 이건 우리 안에 있는 가장 순수한 힘이란다. 우리 모두는 자연의 일부다. 자연의 일부로 태어난 생명들은 그것이 무엇이 됐건 자연에서 살아가는 힘을 갖게 되어 있지. 동물이나 식물이 살아가는 모습을 보렴. 동물들은 지진이 일어날 걸 어떻게 미리 아는 것 같으냐? 큰 비가 올 것은 또 어찌 알고 피하는 것 같으냐? 식물은 때가 되면 어떻게 싹을 틔우고 열매를 맺는 것 같으냐? 동물이나 식물에게 그런 것처럼 자연은 사람에게도 그에 맞는 힘을 주었단다. 우리 모두에게 말이지."

"하지만 저는 그것 때문에 죽을 뻔했는걸요."

할아버지는 쇠막대를 나리아 손에 쥐어 주었다.

"네 자신을 믿으렴. 이 말밖에 해 줄 수 없구나."

할아버지는 가구들을 벽 쪽으로 붙여 공간을 마련했다. 그리고 바닥에 자리를 잡으며 나리아와 마오에게도 앉으라고 했다. 할아버지가 말했다.

"나리아, 그걸 여기에 놓으렴."

나리아는 할아버지가 시키는 대로 쇠막대를 바닥에 내려놓았다. 할아버지가 말했다.

"몸속에 있는 자연의 힘을 깨우려면 우선 자연과 하나가 되는 법부터 배워야 한다. 스스로 공기가 되고, 바람이 되고, 풀이 되고, 물이 되고, 흙이 되고, 불이 되어야만 하지. 생각들을 걷어 내고 네가 그것들의 일부라는 생각을 갖는 게 중요해."

마오가 고개를 끄덕이자 할아버지가 말했다.

"마오가 먼저 해 보렴."

마오는 숨을 크게 들이쉬고, 눈을 감으며 막대가 있는 곳으로 손을 뻗었다. 나리아는 막대를 뚫어져라 바라봤다. 얼마쯤 지나자 막대를 휘감은 나선형 무늬가 움직이기 시작했다. 그건 막대를 관통하는 파동 같다. 하지만 다음 순간 막대가 마오를 향해 날아갔다.

"아얏."

마오는 다리를 움켜잡으며 비명을 질렀다. 마오의 다리를 맞춘 막대가 바닥에서 팽그르르 돌았다. 막대를 타고 흐르던 파동도 멈춘 상태다. 할아버지가 막대를 제자리에 갖다 놓으며 말했다.

"아직도 힘 조절이 안 되는 것이냐? 그러게 수련을 게을리하지 말라고 몇 번을 말했냐?"

마오가 머리를 긁적였다.

"죄송해요."

"나한테 죄송할 게 뭐냐? 네 자신에게 미안해야지."

할아버지와 마오는 그러고도 한참이나 티격태격했다. 나리아는 두 사람의 눈치를 보며 막대를 만지작거렸다. 그제야 할아버지가 잔소리를 멈췄다. 할아버지가 나리아를 보며 말했다.

"6번째 감각을 끌어내는 건 신뢰의 문제란다. 믿음이 중요하지. 절대적인 믿음은 그 힘을 더 강하게 한다. 하지만 원래 믿음이란 얇은 막과 같은 거다. 그래서 조금만 방심해도 쉽게 허물어지지. 마오가 보여 준 것처럼 말이다. 자신의 힘을 제어하거나 쓸 수 없게 되는 건 이 신뢰를 져버린 거라 할 수 있다. 명심하렴. 신뢰가 깨어지는 순간은 순식간이지만, 회복하려면 더 많은 노력과 시간이 걸린다는 걸 말이다. 그러니 절대 의심해서는 안 된다. 믿음이 바로 힘이다."

할아버지의 말은 이어졌다.

"먼저 심호흡을 깊이 해서 마음을 고요하게 만들어야 한다. 그리고 신경을 이 막대에 집중하는 거야. 막대를 어쩌겠다는 생각을 하라는 게 아니다. 그냥 여기 그려진 무늬를 보며 마음속에서 움직이는 힘을 느끼면 되는 거란다. 자, 해 보거라."

나리아는 할아버지가 했던 말들을 머릿속에 하나씩 떠올렸다.

'심호흡을 하고.'

‘마음을 고요하게.’

‘무늬에 집중.’

얼마쯤 지나자 시간이 무한대로 늘어나는 기분이다. 늘어난 시간 속에서 나리아는 바람과 공기, 물과 불, 흙과 풀을 떠올렸다. 거기에 코레에서만 느껴지는 독특한 냄새들이 더해졌다. 나리아는 자신이 그것들의 일부가 되는 상상을 했다. 그러자 몸이 붕 뜨는 기분이 들었다. 마음 한복판에 막대의 이미지가 떠올랐다. 막대에 그려진 나선형 무늬는 일직선이 되어 흘렀다. 하지만 바로 다음 순간 유리관이 떠올랐다. 유리관을 오르내리던 녹색 불빛들. 그것이 어느새 붉은빛으로 바뀌었다. 나리아는 숨을 토해 내며 눈을 떴다.

“못 하겠어요.”

할아버지가 안타까운 얼굴을 했다.

“다시 한 번 해 보렴.”

다시 해도 결과는 마찬가지다. 막대에 그려진 나선형 무늬가 일직선으로 흐르는 순간, 유리관을 오르내리던 초록빛과 붉은빛이 떠오르고, 그 안에 갇혀 있던 자신의 모습에 정신이 휘말렸다. 나리아가 실패할 때마다 할아버지의 얼굴은 굳어졌다. 반대로 마오는 우쭐한 표정을 지었다.

오전부터 시작한 수련은 해가 서쪽으로 기울 때까지 이어졌다.

쉬었다 다시 하기를 반복해도 나리아는 좀처럼 앞으로 나가지 못했다. 진전이 없기는 마오도 마찬가지다. 할아버지는 피곤한 얼굴을 했지만 좀처럼 포기하려 하지 않았다.

"처음부터 쉽게 되는 일은 아니니 마음을 편하게 가지렴."

나리아는 이미 지칠 대로 지쳤다.

"아무래도 저한테는 6번째 감각이 없나 봐요."

말없이 나리아를 보던 할아버지가 자리에서 일어섰다.

"둘 다 바람이나 쐬고 오렴."

통사만

"그게 그렇게 안 되냐?"

밖으로 나오자 마오가 내뱉었다. 나리아는 돌아섰다.

"너도 마찬가지잖아."

마오가 정색을 했다.

"무슨 소리야? 나는 잘 안 되는 거고, 너는 아예 안 되는 건데. 당연히 다르지."

"좋겠구나. 잘 안 되서 다리나 맞추고."

"말 다했어?"

"먼저 시비를 건 건 너야."

둘은 사나운 눈빛으로 노려봤다.

"됐다. 관두자."

마오가 고개를 돌렸다. 하지만 나리아는 그러고 싶지 않았다. 이참에 마오의 마음을 제대로 알고 싶었다.

"너는 내가 그렇게 싫으니?"

마오의 등이 움찔하다. 마오는 우락부락한 얼굴로 돌아섰다.

"네가 온 뒤로 뒤죽박죽이 된 기분이야."

"나도 오고 싶어서 온 거 아니야."

"그렇다면 가 봐. 갈 수 있으면 가 보라고."

"너, 진짜……."

나리아는 입술을 깨물었다. 마오가 선심 쓰듯 말했다.

"어디 혼자서 열심히 연습해 봐. 실력도 없는 나는 바람이나 쐬고 올 테니 말이야."

나리아는 마오를 뚫어질 듯 쏘아봤다. 그때다. 마오의 등에 이상한 모습이 스쳤다. 그러더니 조금씩 모습이 선명해졌다. 그건 울고 있는 미오다.

나리아가 "마오" 하고 외치는 것과 동시에 할아버지가 문을 박차고 나왔다. 마오는 어리둥절한 얼굴로 돌아섰다. 할아버지는 가쁜 숨을 몰아쉬며 나리아에게 막대를 내보였다. 할아버지 손바닥에 놓인 막대는 파란색이 아니라 노란색이다. 나선형 선이 빠르게 움직이면서 막대의 색깔이 노랗게 보였다. 할아버지가 말했다.

"대체 무슨 일이냐?"

나리아는 빠르게 말했다.

"미오가 위험해요. 지금 구덩이 속에 있어요."

마오가 허겁지겁 달려왔다.

"그게 무슨 소리야?"

"구덩이에 빠진 미오가 보였어."

마오가 못 미더운 얼굴을 했다.

"거짓말이지?"

할아버지는 막대를 꽉 움켜쥐며 말했다.

"통시안이다. 다른 곳의 모습을 보는 힘. 나리아에게 있는 힘이 바로 그거야."

"얘 말이 사실이라고요?"

나리아가 작은 소리로 말했다.

"미오가……."

그제야 마오의 얼굴이 심각해졌다.

"미오. 우리 미오 어떻게 해요?"

할아버지가 마오의 어깨에 손을 얹었다.

"마오, 날개가 두 사람의 무게를 견딜 수 있지?"

마오는 재빨리 고개를 끄덕였다. 할아버지가 마오의 어깨를 움켜잡았다.

"나리아랑 미오에게 가거라. 나도 곧 따라가마."

준비는 빨랐다. 할아버지가 건넨 밧줄을 나리아가 허리에 둘러메자, 마오가 곧바로 나리아를 뒤에서 안았다. 마오의 단단한 가슴과 쿵쾅대는 심장박동이 느껴졌다. 할아버지는 비행 가방에 달린 끈으로 둘을 단단히 고정시켰다. 나리아는 마오를 돌아봤다. 간신히 눈물을 참고 있는 마오가 보였다. 나리아는 자신을 안고 있는 마오의 손등에 자신의 손을 포갰다. 그리고 들릴락 말락 하게 말했다.

"아직까지는 괜찮아. 우리가 구할 수 있어."

뒤에서 마오가 고개를 끄덕였다. 잠시 뒤 귓가에 마오의 외침이 들렸다.

"지금이야, 뛰어."

나리아와 마오는 함께 언덕을 달렸다. 눈앞에서 땅과 하늘이 흔들렸다. 주위 풍경이 빠른 속도로 물러났고, 이대로 가다간 앞으로 고꾸라질지도 모른다는 생각이 들었다. 바로 그때 나리아의 발이 더 이상 땅에 닿지 않았다. 시간이 멈춘 것처럼 풍경도 정지한 느낌이다. 날고 있다는 걸 처음 느끼게 한 건 바람이다. 바람이 나리아의 얼굴을 스치고 머리칼을 날렸다. 바람은 상상했던 그대로다. 부드럽고 시린 바람. 나리아는 가슴이 떨렸다. 그때 뒤에서 마오의 거친 숨소리가 들렸다. 마오가 큰 소리로 물었다.

"미오가 있는 곳이 어디야? 보여?"

나리아는 눈을 감고 정신을 집중했다. 얼마쯤 지나자 눈꺼풀 아래로 구덩이에서 울고 있는 미오의 모습이 보였다. 나리아는 감았던 눈을 뜨며 손을 뻗었다.

“저쪽이야.”

마오가 가방에 달린 끈을 잡아당기자 날개가 옆으로 기울며 빠르게 방향을 잡았다.

유물터에 내려앉은 두 사람은 허겁지겁 미오가 있는 구덩이로 달려갔다. 구덩이 중간쯤에 걸쳐진 미오는 죽은 듯 웅크리고 있다. 이름을 불렀지만 대답이 없다. 안절부절못하던 마오가 구덩이로 다가갔다. 그러자 입구에 있던 흙이 구멍 속으로 떨어졌다. 떨어진 흙의 일부가 미오의 머리에 쌓였다. 마오의 얼굴이 하얗게 질렸다.

“미오.”

나리아는 마오를 구덩이에서 멀찌감치 밀어냈다.

“내가 내려갈게.”

나리아는 허리에 묶어 놓은 밧줄의 반대편을 마오에게 내밀었다. 나리아는 주위를 둘러보고 밧줄을 묶을 만한 나무를 가리켰다.

“이걸 저기에 묶어. 내려가면 줄을 당겨서 신호를 보낼게. 그때 끌어 올리면 돼.”

마오의 손이 떨렸다. 하지만 고개를 끄덕이는 표정만큼은 믿음직스럽다.

나리아는 발끝에 힘을 주고 구덩이 속으로 한 발, 한 발 내려갔다. 구덩이 안은 조금만 잘못 디뎌도 흙이 허물어졌다. 나리아는 촉각을 곤두세우고 구덩이를 살폈다. 그리고 흙이 무너지지 않는 곳을 골라 발을 디뎠다. 그나마 다행인 건 미오가 입구 가까이 있다는 거다. 미오가 웅크리고 있는 곳은 땅속에 묻힌 암석의 일부다. 만약 암석 위로 떨어지지 않았다면 벌써 구덩이 안으로 빨려 들어갔을 거다. 시커먼 구덩이를 내려다보니 아찔하다. 나리아는 손바닥에 밴 땀을 옷에 문질러 닦았다. 마침내 암반에 발이 닿았다. 나리아는 천천히 미오를 일으켰다. 미오가 몸을 움찔하면서 눈을 떴다. 하지만 게슴츠레 벌어지던 눈이 도로 감겼다. 미오는 이미 탈진 상태다. 나리아는 미오의 귓가에 대고 속삭였다.

"이제 위로 올라갈 거야."

나리아는 허리에 묶인 밧줄을 풀어 미오와 자신의 몸을 같이 묶었다. 그리고 약속대로 밧줄을 3번 잡아당겼다. 나리아는 줄이 팽팽히 당겨지기를 기다렸다가 미오를 힘주어 안았다. 마오가 끌어 주는 힘을 덜어 주기 위해선 나리아도 힘을 써야 했다. 나리아는 내려올 때 발을 디뎠던 곳을 찾아가며 한 발, 한 발 위로 올라섰다. 더디지만 조금씩 입구가 가까워졌다. 하지만 몸은 이미 땀

범벅이다. 밖에 있는 마오도 다르지 않을 거다. 미오의 늘어진 몸은 무거웠다. 이대로라면 무게를 이기지 못하고 줄이 끊어질지도 몰랐다. 나리아는 숨을 몰아쉬며 미오를 깨웠다.

"미오, 일어나 봐. 미오."

미오는 듣지 못하는 듯했다. 나리아는 미오를 안은 팔에 힘을 주며 다시 이름을 불렀다.

"미오, 일어나."

구덩이 안에 나리아의 목소리가 메아리쳤다. 나리아는 흙이 쏟아져 내릴까 봐 마음을 졸였다. 하지만 다행히 흙이 쏟아지는 일은 일어나지 않았다. 대신 미오가 눈을 떴다. 미오는 눈을 몇 번 끔벅이더니 완전히 떴다. 나리아를 알아본 미오는 작은 입술로 울먹였다.

"언니."

"정신이 드니?"

미오는 고개를 끄덕였다.

"울지 마. 우리는 위로 올라갈 거야. 그러려면 네가 도와줘야 해."

미오가 울음을 삼켰다.

"내 목에 매달려. 할 수 있지?"

"응."

나리아는 미오가 자신에게 매달릴 수 있도록 허벅지로 미오를 받쳤다. 미오는 손을 뻗어 나리아의 목을 감싸고 깍지를 끼었다. 나리아는 미소를 지으며 말했다.

"잘했어. 이제 진짜 올라간다."

두 팔을 쓸 수 있으니 올라가는 일에 속도가 났다. 나리아는 밧줄이 당겨지는 힘을 느끼며 발을 디뎠다. 이제 구덩이 밖으로 손을 내밀 수 있을 정도까지 올라왔다. 나리아는 수직으로 된 벽을 엉금엉금 기듯이 밖으로 나왔다. 마오가 몸을 최대한 뒤로 눕힌 자세로 밧줄을 당기는 모습이 보였다. 마오는 구덩이가 무너지지 않을 곳을 골라 최대한 가까이 와 있는 상태다. 나리아는 미오를 먼저 밖으로 내보냈다. 미오는 나리아의 가슴과 어깨를 디딤판 삼아 밖으로 나갔다. 나리아는 마오가 밧줄을 잡아당기는 힘으로 구덩이를 빠져나왔다. 때마침 바람이 불어왔다. 몸을 적신 땀이 바람을 맞아 서늘하다. 저만치 마오가 무릎을 꿇은 채 미오를 부둥켜안고 있다.

붉게 상기된 마오의 얼굴이 먼저 보였다. 미오의 작은 등이 들썩이고 있다. 둘 다 아무 말도 하지 않았다. 울음소리도 들리지 않는다. 마오는 어금니를 꽉 깨물어 울음을 삼키고 있다. 동생을 감싸 안은 팔뚝에는 힘줄이 불거졌다. 오빠의 옷자락을 움켜잡은 미오의 작은 주먹도 단단해 보인다.

'단단함.'

나리아는 그런 느낌을 받았다. 세상 무엇으로도 갈라놓지 못할 단단함. 마오와 미오는 그렇게 연결되어 있다.

'나도 저런 사람을 가질 수 있을까?'

잠깐 동안 수리치가 떠올랐지만 나리아는 이내 고개를 저었다. 다시는 바론의 그 무엇과도 연결되고 싶지 않다. 그때 할아버지가 마을 사람들을 이끌고 언덕을 넘어왔다.

유물터는 소란으로 가득하다. 사람들은 입을 모아 나리아와 마오를 칭찬했다. 할아버지도 두 사람을 추켜세우느라 목소리를 높였다. 친척 아주머니 품으로 옮겨간 미오는 서럽게 울음을 토하며 놀란 마음을 진정시켰다. 아주머니는 미오의 머리를 쉴 새 없이 쓰다듬었다.

잠시 뒤, 마오가 나리아 앞에 섰다. 둘은 서로를 바라봤다. 땀과 흙으로 얼룩진 얼굴이 엉망이다. 나리아는 마오의 얼굴을 얼룩지게 한 것이 땀만은 아니란 걸 알았다. 그중 절반은 눈물일 터다. 마오가 나리아를 보며 수줍게 웃었다. 나리아도 마오를 보며 웃었다. 바람이 불었고, 사람들 주위로 홀씨가 날아올랐다.

축제

그날 밤, 마을에서 축제가 벌어졌다.

미오가 위험에서 무사히 돌아온 것을 축하하는 자리다. 구릉지를 오르는 태양의 풀밭에서 시작된 축제는 나무 아래 달빛 정원에서 마무리됐다. 마을 사람들은 나리아의 머리에 화관을 씌워주었다. 꽃과 풀을 엮어 만든 화관에서는 달고 상쾌한 향이 났다. 할아버지가 나리아에게 속삭였다.

"네 통시안을 사람들에게 알렸다. 그걸 축하해 주는 거란다."

여자들은 팔을 어깨 위로 올리고 나리아 주위를 돌며 춤을 췄다. 동작은 단순하다. 몸을 살짝 비틀며 오른쪽 발을 앞으로 뻗었다 뒤로 빼는 식이다. 누군가 나리아의 팔을 잡아끌어 나리아도 여인들을 따라 춤을 췄다. 마오는 남자들 틈에 끼어 춤을 췄다. 발로 땅을 구르고, 두 팔을 하늘로 뻗어 올리는 동작은 힘이 넘친다. 구릉지를 내려오는 동안에도 노래와 춤은 끊이지 않았다. 나무 아래 모인 사람들은 모닥불에 둘러앉았다. 소소한 이야기가 음식 바구니와 함께 사람들 사이를 오갔다.

나리아는 마오 옆에 앉았다. 미오는 또래 친구들과 노느라 정신이 없다. 나쁜 일을 겪었지만 축제의 주인공임을 뽐내는 표정이 얼굴에 가득하다. 구덩이에서 겪은 일은 미오에게 근사한 모험담이 되고 있었다.

모닥불의 불씨가 잦아들자 아이들은 하나둘 어른들 품에 안겨 잠이 들었다. 미오도 어느새 친척 아주머니 품에 안겨 졸음에 겨운 눈을 하고 있다. 나리아는 사람들을 바라봤다. 이곳 사람들은 누구에게나, 무엇에게나 마음이 열려 있다. 하지만 바론시는 그렇지 않다. 바론시에서는 사람들끼리 친밀감을 갖기 힘들다. 누군가를 만날 때는 그럴 필요가 있을 때뿐이다. 이곳에 비하면 바론시에 사는 사람들은 기계 같다. 정해진 곳에서 정해진 일을 하고 정해진 길을 간다. 그게 바론시의 규칙이고, 당연한 일이라 생각했다. 나리아는 정말 자신이 그곳에 속했나 싶었다. 그냥 처음부터 이곳의 일부였으면 했고, 여기서 태어나고 자란 사람이었으면 하고 바랐다.

어둠이 깊어지자 할아버지가 노랫말을 흥얼거렸다. 모두가 할아버지 목소리에 귀를 기울였다. 네 박자로 반복되는 음이 끊어졌다 이어지기를 반복한다. 단조롭지만 위엄이 담겼다. 마오가 귓속말로 속삭였다.

"고리의 역사를 읊는 거야."

나리아는 고개를 끄덕였다. 내용은 몰라도 노래의 느낌만큼은 전해졌다. 나리아는 아무런 구속 없이 우주를 떠다니는 기분이다. 살아오는 동안 처음 느껴보는 편안함. 나리아 눈에는 주위를 어슬렁거리는 바쿠들마저 편해 보였다.

나리아는 사람들을 한 명씩 둘러봤다. 그러다 어느 순간 사람들의 몸에 오로라 같은 빛이 흔들거리는 것을 보았다. 빛은 노란색, 초록색, 붉은색, 보라색, 파란색 등으로 저마다 다른 색을 띄었다. 할아버지를 감싸고 있는 빛은 초록색이다. 마오는 짙은 파란색이다. 미오를 안고 있는 아주머니는 보라색, 아주머니 품에 안긴 미오는 주황색 테두리가 몸을 감싸고 있다. 나리아는 자신의 손을 내려다봤다. 손의 형태를 따라 여러 색의 빛이 보였다. 그러는 사이 할아버지의 흥얼거림이 끝났다. 그러자 나리아의 눈에도 더 이상 빛이 보이지 않았다. 마오가 팔꿈치로 나리아를 건드렸다.

"우리도 가자."

"어, 어. 그래."

나리아는 엉거주춤 일어났다. 먼저 일어선 마오가 손을 내밀었다.

"고마워."

나리아는 마오의 손을 잡고 일어섰다. 할아버지는 어느새 집으로 가는 언덕을 오르고 있다. 나리아와 마오는 나란히 서서 그 모습을 바라봤다. 마오가 중얼거리듯 말했다.

"고마웠어."

나리아가 돌아보자 마오가 쑥스러운 표정으로 고개를 숙였다. 마오는 땅을 내려다보며 덧붙였다.

"네가 미오를 보지 못했다면…… 정말 아찔해. 그러니까 진심이야. 고맙다는 말."

나리아가 말했다.

"나도 고마워. 네가 있어서 제때 도착할 수 있었잖아."

마오는 발끝으로 땅을 톡톡 두들겼다. 한참 만에 고개를 든 마오가 말했다.

"고약하게 굴어서 미안해."

나리아가 장난스럽게 되물었다.

"그 말도 진심이지?"

"어, 어. 당연하지."

"그럼, 이제 나한테 시비 걸기 없기다."

"그래. 약속할게."

마오는 주머니에서 뭔가를 꺼냈다.

"보여 줄게 있어."

마오는 모닥불로 나리아를 잡아끌었다. 마오는 꺼져가는 불에 새 장작을 몇 개 집어 던졌다. 잠시 뒤, 나무에 불이 붙으면서 불길이 되살아났다. 마오는 손에 쥐고 있던 걸 불 속에 던졌다. 작은 날개 모양의 금속이 달궈진 장작 위로 떨어졌다. 나리아는 거기서 눈을 떼지 않은 채 물었다.

"저게 뭐야?"

"잘 봐. 뭔가 이상하지 않아?"

나리아는 고개를 저었다.

"글쎄."

마오가 무슨 비밀을 말하듯 중얼거렸다.

"달궈지지 않잖아."

마오의 말대로 금속은 처음 그대로 은색 빛을 띠고 있다. 시간이 흘러도 마찬가지다. 잠시 뒤, 마오가 손에 든 작대기로 금속을 밖으로 끄집어냈다. 그리곤 말릴 새도 없이 금속을 주워 들었다. 나리아의 눈이 커졌다.

"안 뜨거워?"

마오는 대답 대신 금속을 나리아 손에 쥐어 주었다. 납작한 금속은 얼음처럼 차갑다. 방금 전까지 불 속에 있었다는 게 믿기지 않을 정도다. 마오가 말했다.

"너한테 줄게."

나리아는 날개 모양을 돌려 보며 물었다.

"이게 뭐야?"

마오는 바닥을 짚은 작대기에 몸을 기대며 말했다.

"오늘 미오가 구덩이에서 발견한 거야. 이걸 꺼내려고 거기 갔던 거래. 내가 이런 금속을 모은다는 걸 알고 있거든. 하지만 이렇게 완벽한 형태를 갖춘 건 처음 봤어. 이게 어느 시대 유물인지는 할아버지도 모른댔어. 하지만 이건 정말 대단해. 열에도 끄떡없고 엄청 가볍기까지 하거든. 우리는 이걸 '얼음눈'이라고 불러. 웬만큼 모이면 새로운 걸 만들 계획인데, 이건 너한테 주고 싶어. 미오도 그러랬어. 네가 자기를 살렸으니까 그래도 된다고 말이야."

나리아는 마오를 바라봤다.

"그래도 돼?"

마오는 고개를 힘차게 끄덕였다.

나리아는 날개 모양 금속을 신기한 듯 바라봤다. 이리저리 움직일 때마다 금속 표면에 나리아의 모습이 어른거렸다. 나리아는 금속을 손에 꼭 쥐었다.

"고마워, 잘 간직할게."

나리아는 선물보다 마오와 화해한 것이 더 좋았다. 나리아는 마오로 인해 코레가 더 친근한 느낌이 들고, 이곳에서 오랫동안 머물고 싶다고 생각했다.

언덕을 오르는 동안 마오는 비행 날개에 대해 얘기했다. 마오는 나중에 나리아에게도 날개를 만들어 주겠다고 했다.

"할아버지가 만든 것보다 훨씬 잘 만들 자신 있어."

나리아는 그럴 수 있을 거라고 대꾸했다.

집으로 돌아오니 할아버지가 찻물을 내리고 있다. 나리아는 차를 마시며 사람들을 감싸고 있던 빛에 대해 얘기했다. 가만히 듣고 있던 할아버지가 입을 열었다.

"내 생각엔, 네 안에 있는 힘이 통시안만은 아닌 듯 싶구나. 어쩌면 그보다 훨씬 더 강한 힘이 있을 것 같다. 이를테면 시공간을 넘어서는 힘 같은 거 말이다. 네가 오늘 본 빛도 그렇다. 생명체는 저마다 고유의 에너지를 갖고 있단다. 사람뿐만 아니라 나무나, 풀, 동물들도 마찬가지지. 너는 그 에너지를 빛의 형태로 보게 된 거란다. 그건 아무나 볼 수 있는 것이 아니지."

나리아는 두렵다. 할아버지가 자신을 너무 추켜세우는 느낌이다. 나리아는 화제를 돌렸다.

"비슷한 색을 가진 사람들도 있던데요?"

"결이 맞는 사람끼리는 에너지도 비슷한 빛을 띠겠지."

마오가 부러운 듯 말했다.

"대단하다. 그런 것까지 보게 되다니."

할아버지가 나무랐다.

"이 녀석아, 그러니까 너도 열심히 연습해야지."

마오는 멋쩍은 얼굴로 머리를 긁적였다.

방으로 돌아온 나리아는 창문을 열었다. 마을의 몇몇 집에는 여전히 불이 켜져 있다. 어둠에 잠긴 나무의 윤곽도 보인다. 거대한 나무는 마치 잠을 자는 것 같다. 그 순간 나리아는 자신이 나무를 살아 있는 존재로 인식했음을 깨달았다. 아는 것과 깨닫는 것엔 분명한 차이가 있다. 깨달음은 나무를 실제로 살아 있는 생명체로 느끼게 했다. 이곳에선 생각과 느낌이 깨어 있는 기분이다. 나리아는 머리에 쓰고 있던 화관을 창가에 내려놓았다. 화관에서는 아직도 꽃향기가 났다. 나리아는 밤공기와 함께 꽃향기를 흠뻑 들이켰다.

"여기서 살면 좋겠어."

진심이다. 나리아는 이곳 사람이 되고 싶다. 지금처럼 이곳에서, 이곳 사람들과 마음을 나누며 살고 싶다. 할아버지처럼, 마오와 미오처럼. 나리아는 주머니에서 날개 모양 금속을 꺼내 화관 옆에 놓았다.

"나도 가족이 될 수 있을까?"

가족이란 말도 이곳에서 처음 알았다. 이곳 사람들은 자라면 결혼을 하고, 아이를 낳고, 나중에는 노인으로 늙어 간다. 그렇게 나이를 먹어 머리가 하얗게 되고, 때가 되면 죽음에 이른다. 나리아도 그렇게 되고 싶었다. 그때였다. 갑자기 가슴 한복판을 찌르는 통증이 느껴졌다. 나리아는 창턱을 잡은 채로 바닥에 주저앉았다. 숨을 몇 번 몰아쉬자 통증은 서서히 가라앉았다. 나리아는 손바닥으로 왼쪽 가슴을 눌렀다. 현실을 깨닫자 헛웃음이 났다. 통증은 나리아에게 또 다른 깨달음이다. 절대로 이곳에서 이곳 사람들처럼 살지 못할 거라는 깨달음. 바론의 텅 빈 눈은 언제까지고 자신을 괴롭힐 거다. 어쩌면 죽을 때까지 괴로움은 끝나지 않을 수도 있다.

음모

모니터에 표시된 붉은 점은 사라졌다 나타나기를 반복했다. 시간이 흘렀지만 바론은 나리아의 위치에 대한 정확한 데이터를 내놓지 못했다. 가리온은 뒷짐을 지고 같은 자리를 왔다 갔다 했다. 연구원들은 저희끼리 숙덕였다.

"바론에 문제가 생긴 게 아닐까?"

위험한 얘기다. 하지만 충분히 나올 만한 얘기다. 지금껏 바론이 분석하지 못한 데이터는 없다. 결과에 오류를 범한 적도 없다. 그런데도 나리아의 위치에 대한 분석은 전달되고 있지 않다. 그러는 동안 의심은 조금씩 커졌다. 수리치가 보기에 바론은 의심이 쌓여 가는 걸 모르는 눈치다. 어쩌면 알면서도 모르는 척하는지도 모른다. 하지만 가리온은 초조함을 감추지 못했다. 가리온은 웬만

한 문제들을 미루고 나리아를 찾는 일에만 매달렸다. 연구원들은 조심스런 추측을 내놓았다.

'나리아는 스캔 과정에서 소멸됐다'고.

하지만 바론은 그 누구보다 나리아의 생존을 확신했다. 그 증거로 바론의 방에는 아직도 나리아의 심장 소리가 울려 퍼졌다. 그 소리는 이제 너무나 익숙해서 아무도 거기에 동요하지 않았다. 연구원들은 의심하면서도 바론이 시키는 대로 했다. 어차피 모든 결정은 바론이 내릴 거다. 그렇게 하루하루가 가는 동안 수리치는 여전히 갈피를 잡지 못했다. 나리아가 모르스라는 사실, 스스로 모습을 감췄다는 사실, 그럴 만한 힘이 나리아에게 있다는 사실, 자신이 나리아와 비슷할지도 모른다는 사실. 이 모든 것들이 믿기지 않는다. 생각 같아선 직접 나리아를 찾아 나서고 싶다. 기계를 다루고, 자료들을 분석하는 일이라면 자신 있다. 타리타움의 관리자들은 복잡하고 어려운 문제를 종종 수리치에게 맡기곤 했다. 하지만 지금 수리치의 역할은 가리온의 업무를 보조하는 수행 연구원에 지나지 않는다. 수행 연구원 중에서도 가장 낮은 위치라 잡다한 일을 도맡아 했다. 주로 지휘가 높은 연구원들의 지시에 따라 심부름을 하는 일이 수리치의 주된 업무다.

수리치는 가리온이 처리해야 할 일들이 정리된 디스플레이를 들고 집무실로 갔다. 가리온은 일을 바로바로 처리하는 사람이지만 나리아가 사라진 뒤로는, 처리해야 할 일들을 한꺼번에 몰아서 하는 습관이 생겼다. 오늘은 8구역으로 물품이 전달되는 보급로에 생긴 오류와, 에어윙들의 저공비행에 대한 규제 강화를 처리해야 한다. 심부름을 시킨 연구원은 오늘 중으로 가리온의 승인을 받아와야 한다고 당부했다. 하지만 집무실은 텅 비어 있다.

가리온이 가장 많이 머무는 곳은 바론의 방과, 집무실 두 곳이다. 수리치는 가리온이 바론의 방을 나간 뒤에 따라 나왔다. 괜히 가리온을 찾는다고 도로 나갔다가는 길이 엇갈릴 수 있다. 수리치는 디스플레이를 고쳐 들며 가리온의 책상 앞에 섰다. 가리온이 집무실을 오래 비우는 성격이 아니니 조금만 기다리면 되지 싶었다. 수리치는 책상 뒤로 펼쳐진 창을 내다봤다.

가리온의 집무실에선 도시의 남쪽 구역이 한눈에 보인다. 가리온은 밤이 되면 창을 반사경으로 바꿔 놓곤 했다. 그러면 바깥 풍경을 보는 대신 원하는 화면을 유리창에 띄울 수 있다. 그때 창밖으로 에어윙들의 비행을 유도하는 등이 켜지는 게 보였다. 이제 곧 밤이 될 거다. 수리치는 가리온이 돌아오기 전에 창을 반사경으로 바꿔야겠다고 생각하며 스위치가 있는 벽으로 갔다. 그런데 스위치에 손이 닿는 순간 이상한 일이 벌어졌다. 손가락 끝이 붉은빛으로 물든 거다. 마치 손가락 끝에 전구가 있는 것처럼. 수리치는 재빨리 주위를 살폈다. 방에는 자신 말고는 아무도 없다. 수리치는 손을 주머니에 감춰야겠다고 생각했다. 그때 어디선가 이상한 소리가 들렸다. 누군가의 속삭임이다. 나리아 어쩌고 하는.

수리치는 주머니에 넣으려던 손을 도로 벽에 갖다 댔다. 그러자 손톱 끝을 물들인 붉은빛이 손바닥 전체로 퍼져나갔다. 그럴수록 속삭이는 소리도 또렷하다. 처음 듣는 목소리가 말했다.

"어째서 아직까지 좌표가 산출되지 않는 겁니까?"

다른 목소리가 대답했다.

"붉은 점이 움직임을 멈추지 않는 한 좌표 값은 무의미합니다."

수리치는 손바닥에 힘을 주며 벽에 몸을 밀착시켰다. 그러자 손바닥에 진동이 느껴지면서 벽 너머의 모습이 머릿속에 그려졌다. 그곳은 또 다른 방이다. 방 중앙에 팔각기둥 모양의 컴퓨터가 있고, 그 주위를 둥근 테이블이 감싸고 있다. 그중 한 의자에 가리온이 앉아 있다. 나머지 자리에는 홀로그램의 형태를 띤 사람들의 모습이 있다. 그중 한명이 말했다.

"그 아이가 살아 있는 건 맞습니까?"

팔각기둥이 푸른빛을 번쩍이며 대답했다. 바론의 목소리다.

"의장은 정확한 단어를 쓰십시오. 나리아 N30875는 모르스입니다."

"그렇지. 모르스."

다른 사람이 물었다.

"그럼 이제 어쩝니까?"

가리온이 대답했다.

"움직임에 대한 패턴 분석이 완료되면 제거가 진행될 겁니다."

다시 다른 사람.

"어떻게 제거됩니까?"

이번엔 바론이다.

"알파스피어를 사용하게 됩니다."

여럿의 웅얼거림.

'알파스피어…….'

수리치는 속으로 그 말을 되뇌었다. 들어 본 적이 있는 단어다. 가리온이 끼어들었다.

"알파스피어 사용에 대한 의장단의 결단을 촉구합니다. 동의하십니까?"

"대행인은 위험하지 않다는 장담을 할 수 있습니까?"

대답은 바론이 대신했다.

"알파스피어는 모르스의 위치가 지구 반대편에 포착되는 순간 가동합니다. 바론시에 어떠한 위해도 발생되지 않습니다."

수긍하는 목소리들이 이어진다.

"동의합니다."

"동의합니다……."

지금 벽 안쪽 공간에서 벌어지는 일은 말로만 듣던 의장단 회의다. 수리치는 손에 땀이 났다. 그 바람에 오른손에 들고 있던 디스플레이가 손에서 미끄러질 뻔했다. 수리치는 오른손을 옷에 문지르고 디스플레이를 움켜잡았다. 가리온이 말했다.

"바론이 적색경보를 발령한 것은 나리아 N30875가 강력한 모르스이기 때문입니다."

수리치는 자신의 귀를 의심했다. 적색경보를 바론이 작동시켰다면, 바론은 처음부터 나리아를 죽이려 했던 거다. 스캔 과정에서 적색경보가 작동했기 때문에 연구원들은 아무런 의심 없이 소각 시스템을 작동시켰다. 지금 가리온은 그 적색경보를 결정한 것이 바론이라고 말하고 있는 거다. 그러니까 바론은 사람들로 하여금 나리아를 모르스로 인식하게 하고, 반드시 제거해야 할 존재로 믿게 했던 거다. 수리치의 등줄기로 땀이 흘렀다. 말투로 보아 가리온도 미리 알고 있던 게 분명하다. 나리아에게 미소를 짓던 가리온의 모습이 떠올랐다. 그 미소 때문에 나리아는 의심 없이 유리관으로 들어갔다. 수리치는 나리아를 유리관으로 데려간 자신을 원망했다. 또 다른 누군가의 목소리가 들렸다.

"알파스피어로 인해 1급 보안이 노출될 일은 없겠습니까?"

바론이 대답했다.

"나리아 N30875 모르스가 파괴되어야 1급 보안도 안전합니다.

대행자와 의장단은 이 사실을 기억하시기 바랍니다."

"그럼 계획은 언제쯤 실행됩니까?"

바론이 대답했다.

"며칠 내로 좌표 추적이 끝납니다."

잠시 뒤, 홀로그램이 하나둘 사라졌다. 의장단 홀로그램이 모두 사라지자 가리온이 자리에서 일어났다. 수리치는 벽에서 손을 떼고 물러났다. 그러자 왼손을 붉게 물들였던 빛도 사그라졌다. 손이 붉게 물드는 원인은 알 수 없지만, 그것이 들을 수 없는 소리를 듣게 하고, 볼 수 없는 걸 보게 한다는 건 분명하다. 수리치는 자신에게 있는 힘이 그밖에 어떤 일들을 할 수 있는지는 아직 알지 못했다. 두려운 한편 가슴이 벅차올랐다. 그때 출입문 쪽에서 누군가 들어오는 기척이 났다. 수리치는 재빨리 책상 앞으로 가서 출입문을 등지고 섰다. 반사경으로 바꾸지 못한 창으로 도시가 보였다. 수리치는 손등으로 이마에 맺힌 땀을 닦았다. 들고 있던 디스플레이를 가슴에 문질러 땀자국도 닦아 냈다. 마침내 등 뒤에서 문이 열리고 가리온의 발소리가 들렸다. 수리치는 호흡을 가다듬고 돌아섰다. 가리온이 놀란 얼굴로 말했다.

"자네가 와 있는 줄은 몰랐군."

수리치는 긴장한 얼굴로 말했다.

"네. 방금 전에 왔습니다. 승인해 주셔야 할 일들을 정리해 왔습니다.”

수리치가 디스플레이를 가리온 앞으로 내밀었다. 가리온은 수리치가 건넨 디스플레이를 살피며 전자 서명을 했다. 수리치는 그 모습을 무심한 듯 지켜봤다. 하지만 마음속은 혼란 그 자체다. 알파스피어의 위험, 1급 보안 등의 단어가 머릿속에서 떠나지 않았다. 뭔지는 몰라도 그들이 많은 걸 숨기고 있다는 느낌이다. 수리치는 그걸 찾아야겠다고 생각했다. 하지만 쉽게 찾을 수 없을 게 뻔하다. 어쨌거나 중앙자료실이라면 뭐든 단서가 될 만한 게 있을 거다. 수리치는 자신의 능력을 시험해 보고 싶었다. 어쩌면 생각 이상의 것을 얻게 될지도 모른다. 수리치의 머릿속이 바쁘게 움직였다. 잠시 뒤, 가리온이 디스플레이를 돌려주며 말했다.

“이제 그만 나가 보게.”

수리치는 가리온을 향해 꾸벅 인사를 하고 집무실을 나왔다. 집무실을 나온 수리치는 곧장 중앙자료실로 향했다. 자신의 행적이 추적당하기 전에 모든 걸 알아내야만 했다. 그러기 위해선 1분 1초도 허비할 수 없다. 텅 빈 복도를 걷는 수리치의 발걸음이 점점 빨라졌다.

드러나는 진실

자료실에 도착한 수리치는 막막했다.

모든 컴퓨터와 모니터엔 보안이 설정되어 있어 접근 자체가 불가능하다. 수리치는 왼손을 내려다봤다. 손바닥을 쫙 펴고 힘을 줬지만 별다른 변화가 없다. 이번엔 주먹을 쥐었다 다시 폈다. 결과는 마찬가지다. 수리치는 다짜고짜 손을 기계에 갖다 댔다. 손끝이 붉어질 기미는 보이지 않았다. 수리치는 왼손을 이리저리 돌려 봤다. 어떻게 해야 왼손이 작동하는지 감을 잡을 수 없다. 그렇게 시간이 흘렀다. 오랫동안 자리를 비우면 위험하다. 수리치는 출입문을 돌아봤다. 당장에라도 경비대원이 들이닥쳐 뒷덜미를 잡아챌 것만 같았다. 수리치는 틈틈이 뒷덜미를 쓸어내리며 왼손에 집중했다.

지금 이 순간에도 바론은 나리아에 대한 추적을 진행하고 있을 거다. 나리아가 의문스런 위험에 빠져 있는 걸 알면서 모른 척할 수는 없다. 아니, 그보다 나리아를 구해야 했다. 그래서 나리아에게 자신이 감정을 고백하고 용서도 구해야 한다. 모든 것이 후회됐다. 천장에 숨겨진 카메라를, 바론의 방으로 가게 된 이유를 그리고 자신이 나리아와 같다는 걸 말해야 한다. 하지만 그 무엇보다 나리아가 보고 싶었다. 나리아를 상대로 이런 감정을 느끼는 것이 정상이 아니란 걸 안다. 아니 이제 무엇이 정상이고 비정상인지 알 수 없다. 수리치는 그냥 자신의 감정에 충실하고 싶을 뿐이다. 공중식 날 먹었던 푸른 액체가 무엇인지 모르지만, 그게 봉인된 감정을 풀어내는 역할을 한 건 분명하다. 처음엔 자신이 미쳤다고 생각했지만 지금은 거기에 더 큰 의미가 담겨 있다는 걸 느꼈다. 어쨌거나 수리치는 바론보다 먼저 나리아를 찾아야 했다.

"나리아……."

순간 왼손에 따스함이 느껴졌다. 수리치는 천천히 왼손을 들어 올렸다. 그리고 반신반의한 마음으로 나리아의 이름을 다시 불렀다. 손끝을 물들인 빛이 좀 더 밝아졌다. 수리치는 자신의 왼손을 신기한 듯 바라봤다. 그때 어떤 생각이 머리를 스쳤다. 가리온의 방에서 손이 변했던 것 역시 나리아의 이름을 듣고서다. 그러니까 나리아는 자신의 힘을 열어 주는 열쇠 같은 거였다. 그 순간 수리치는 나리아가 운명처럼 느껴졌다.

수리치는 붉게 물든 왼손을 들고 주위를 살폈다. 그리고 중앙에 위치한 컴퓨터에 손을 댔다. 수리치는 가리온의 방에서 겪었던 일을 떠올리며 눈을 감았다. 정신을 집중하자 머릿속에 어떤 이미지들이 떠올랐다. 컴퓨터는 켜지지 않았지만 수리치는 그 안에 담긴 정보를 읽을 수 있었다. 데이터를 담은 화면이 머릿속에서 빠르게 흘러갔다. 수리치는 검색어를 나리아에 집중했다. 얼마쯤 지나 수리치는 나리아를 가리키는 붉은 점에 대한 정보에 접근했다.

'여기는 바다 한가운데잖아.'

나리아는 도시에 숨어 있지 않았다. 바론이 지구 반대편이라고 했던 말이 떠올랐다. 실제로 나리아의 위치는 그쯤에서 잡혔다.

'바다에 떠 있는 걸까?'

수리치는 바다에 떠 있는 나리아의 모습을 그려 봤다. 어쩌면 나리아는 에어윙을 타고 바론시를 빠져나갔는지도 모른다. 만약 그렇다면 동력이 떨어진 에어윙이 바다에 추락하고, 그대로 표류하고 있을 가능성이 컸다. 하지만 그건 터무니없는 생각이다. 바다는 생명체가 살 수 없을 만큼 오염된 상태다. 그런 바다를 표류하고 있다면 살아 있지 못할 거다. 게다가 도시를 탈출하는 나리아가 생존에 필요한 물과 식량을 싣고 갔을 리도 없다. 사라지는 순간부터 추적을 당한 나리아는 그럴 만한 시간도 없었다. 그렇게 여유를 부렸다가는 이미 바론에 붙잡혀 왔을 거다. 하지만 어찌됐건 나리아는 살아 있다. 나리아가 죽었다면 심장에 박아 놓은 뉴로콘에서 생존 신호가 잡히지도 않을 테니 말이다.

'살아 있다면…….'

수리치는 나리아가 있는 좌표를 정밀 검색했다. 잠시 뒤 위성 카메라가 잡은 바다의 모습이 나타났다. 하지만 아무리 봐도 바다 위를 표류하는 건 없다. 수리치는 화면을 확대했다. 결과는 마찬가지다. 확대치를 최대한으로 올렸더니 화면이 파란색으로 가득하다. 수리치는 실망했다. 그때 이상한 것이 눈에 띄었다.

'이게 뭐지?'

바다 표면이 이상한 형태로 뒤틀려 있다. 뒤틀린 이미지에는 여러 가닥으로 나뉜 얇은 선이 나타났다. 그것들은 너무 가늘어서 확대하지 않거나 얼핏 보는 것만으로는 알아챌 수 없을 정도다. 수리치는 정신을 집중했다. 그리고 이미지에 대한 정확한 분석을 위한 명령 값을 입력했다. 왼손은 생각하는 걸 그대로 실행했다. 잠시 뒤, 입력한 내용에 대한 자료가 출력됐다.

'실제 바다가 아니라…… 영상 자료로 확인…….'

머릿속이 멍했다.

'무슨 뜻이지?'

수리치는 처음 화면으로 돌아가 자신이 입력한 내용들을 살펴봤다. 눈꺼풀 안쪽에서 눈동자가 빠르게 오르내렸다. 여러 차례 확인했지만 잘못된 내용은 없다. 하지만 결과는 같다.

'진짜가 아니라면…….'

수리치의 머릿속은 그 어느 때보다 빨랐다. 수리치는 새로운 화면을 불러와 다른 명령어를 입력했다. 이번엔 바론을 감싸고 있는 바다에 대한 영상 자료를 살펴볼 참이다. 모니터에 정보 값을 분석하는 화면들이 빠르게 지나갔다. 수리치는 초조한 마음으로 출력 값을 기다렸다. 시간이 더디게 흐르는 기분이다. 잠시 뒤, 같은 내용의 결과가 모니터에 나타났다.

'바다가 가짜!'

수리치는 잠시 눈을 떴다. 그리고 심호흡을 한 뒤 다시 눈을 감았다. 이번엔 바론의 건설 도면에 대한 정보를 검색했다. 잠시 뒤, 엄청난 양의 정보들이 나타났다. 수리치는 인내심을 갖고 자료들을 살폈다. 얼마쯤 지나고 수리치는 다시 눈을 떴다. 그리고 컴퓨터에서 손을 뗐다.

"말도 안 돼."

지구를 뒤덮고 있는 바다에 대한 영상은 모두 거짓이었다. 지구가 바다로 뒤덮인 것은 사실이지만, 얼마 지나지 않아 바닷물이 빠지면서 땅이 드러났다. 하지만 그건 바론이 완성된 뒤의 일이다. 그때는 12명의 대리인을 중심으로 바론이 운영되고 있을 때다. 그들은 땅이 드러난 사실을 영원히 묻어 두기로 결정했다. 사람들이 땅을 찾아 떠나면 하나의 시스템으로 통제되는 사회가 불가능했기 때문이다. 일원화된 시스템은 바론시에 한정되어 있다. 도시를 넘어서는 시스템을 마련하는 건 너무 많은 시간과 노력을 필요로 한다. 그들은 통제되지 않는 사회가 또다시 인류를 멸망 위기로 몰고 가는 일을 막고자 했다. 그래서 땅이 드러난 사실을 영원히 바다 밑에 묻었다. 바론은 그때의 결정을 지금까지 유지했다. 그 많은 시간 동안 바론과 비밀을 공유해 온 사람은 대행자와 의장단이 전부다. 수리치는 이제야 가리온의 집무실 옆에 비밀의 방이 숨겨진 이유를 알 것 같다. 그리고 그들이 말했던 1급 보안이 무엇인지도 알았다.

바다가 오염되었다는 사실 역시 거짓이다. 오히려 수많은 생명체들이 그 속에서 살아가고 있다. 바론을 떠받치고 있는 기둥 아랫부분도 바다가 아니다. 그 기둥들이 닿아 있는 곳은 땅이다. 거기에는 온갖 풀과 나무가 무성하다. 바론은 그 모든 걸 바다 영상으로 덮고 있었다. 수리치는 머리칼을 움켜잡았다. 생각은 꼬리에 꼬리를 물고 이어졌다. 따지고 보면 바론이 에너지원을 만들어 내는 것 역시 수상하다. 세상이 온통 바다로 뒤덮였는데 물과 음식이 부족했던 적은 없다. 사람들은 그게 다 바론이 도시를 효율적으로 운영하는 덕분이라고 생각했다. 하지만 실제로 바론은 그 모든 걸 땅으로부터 얻고 있던 거다. 인공 온실이 아무리 완벽한 시스템을 갖추고 있다고 해도 지난 몇 백 년 동안 음식을 풍족하게 제공할 수는 없다. 보이지 않는 곳에서 인간을 위해 일한다는 안드로이드들이 어디에 있는지도 분명해졌다. 수리치는 손에 얼굴을 묻었다.

"왜 한 번도 의심하지 않았을까?"

지금까지 바론이 발전시킨 건 눈에 보이는 게 전부다. 쾌적한 도시에서 규칙적으로 움직이는 사람들. 이 안에만 있으면 죽을 때까지 먹고 사는데 문제가 없다. 하지만 모두 거짓이다. 도시를 떠나서도 사람들은 살 수 있다. 물론 쉽진 않겠지만 그래도 거기에는 거짓이 없다. 수리치는 고개를 들었다.

"사람들에게 사실을 알려야 해."

하지만 곧바로 나리아가 떠올랐다. 바론은 며칠 내로 나리아를 제거한다고 했다. 그러니 지금은 나리아를 구하는 게 우선이다. 수리치는 지금까지 검색된 정보를 개인 디스플레이로 옮겼다. 뉴로콘으로 옮기면 시스템 점검을 통해 바론의 추적을 받을 수도 있다.

수리치는 허리를 펴고 깊게 숨을 들이마셨다. 그리고 왼손을 들고 마음속으로 나리아를 떠올렸다.

잠시 뒤, 왼손에 붉은빛이 들어왔다. 수리치는 왼손을 컴퓨터에 갖다 대며 눈을 감았다.

지금부턴 나리아에 대한 데이터들을 검색했다. 그중에는 올해의 아이에 대한 자료도 있었다. 이 아이들이 지닌 초능력은 바론이 통제할 수 없는 힘이다. 이들은 모두 바이탈크론으로 보내져 실험 대상이 됐다. 실험 대상이라는 말에 가슴이 떨렸다. 바론의 방으로 갈 때 나리아가 바이탈크론에 대해 묻던 게 떠올랐다. 그때까지만 해도 수리치는 그곳이 단순 실험실이라고 생각했다. 올해의 아이들이 거기에 있을 거라고는 생각도 못했다. 수리치는 올해의 아이에 대한 자료들을 전부 옮겨 담았다. 시간이 많이 흘렀다. 이제는 정말 나리아를 찾아야만 했다. 수리치는 나리아가 깜박이는 곳의 바다 영상을 걷어 내고 그 아랫부분에 대한 정보를 분석했다. 실제로 그곳은 바다가 아니라 땅이다. 하지만 몇 번을 살펴봐도 나리아의 모습은 보이지 않았다. 한마디로 나리아의 행방은 묘연하다. 하지만 나리아의 심장박동 신호를 보내오는 곳은 그곳이 분명하다. 신호를 보내오는 뉴로콘은 나리아의 몸에 이식했던 뉴로콘의 코드와 정확히 일치한다. 수리치는 생각을 정리했다.

'실체가 없는 신호라…… 혹시?'

수리치는 신호에 대한 시간 추적을 해 보기로 했다. 잠시 뒤, 모니터를 흐르던 정보가 멈추더니 출력 값이 나타났다. 수리치는 화면에 표시된 숫자를 몇 번이고 되뇌었다.

'5624.14.45'

그게 뭘 의미하는지 도무지 알 수가 없다. 제대로 계산했다면 그 숫자는 나리아가 있는 곳의 시간을 의미한다. 하지만 그 숫자는 바론 연대가 아니다. 게다가 바론에 축적된 정보에도 거기에 해당하는 시간은 없다. 바론에는 인류가 쌓아 온 모든 정보가 담겨 있다. 이미 지나간 시간 중 바론의 정보 탱크에서 누락된 정보란 있을 수 없다. 바론에 없는 정보는 앞으로 다가올 미래뿐이다.

'미래?'

짐작이 맞는다면 숫자가 가리키고 있는 건 미래다. 그곳이 정말 미래라면 나리아는 바론의 방에서 시공간을 통과한 거다. 수리치는 제 방에 있는 메포스밈을 떠올렸다. 메포스밈은 물질 전송기다. 하지만 바론의 방에 있는 유리관은 물질을 전송할 수 있는 메포스밈이 아니다. 그렇다면 나리아는 스스로의 힘으로 미래로 간 것이 된다. 수리치는 그런 일이 어떻게 가능한지 이해가 되지 않았다. 하지만 한 가지 분명한 건 바론이 이 사실을 모를 리 없다는 거다. 바론은 이미 나라아의 좌표에 대한 검색을 마친 상태라고 했다. 그리고 나리아를 제거하기 위해 알파스피어를 쓴다고 했다. 수리치는 정신이 번쩍 들었다. 하마터면 알파스피어를 놓칠 뻔했다. 수리치는 컴퓨터에서 알파스피어에 대한 자료들을 출력했다. 잠시 뒤, 수리치는 머리를 얻어맞은 충격을 느꼈다.

알파스피어는 대륙이 바닷속으로 가라앉을 때 함께 사라진 것으로 알려진 핵무기다. 그것들이 연쇄 폭파하면서 대륙의 침식을 앞당기는 주요 원인이 됐다. 바론이 그걸 사용한다는 건, 그게 어딘가에 저장되어 있다는 걸 의미했다. 바론은 그걸 미래의 시공간으로 보낼 계획을 세우고 있는 거다. 그것도 나리아가 있는 곳으로. 수리치는 몸이 뻣뻣해졌다. 나리아가 미래로 간 것도 믿기 힘든데, 그 미래를 파괴할 계획을 세우고 있는 바론은 더 믿기 힘들었다.

그때 전뇌 장치에 신호가 들어왔다. 상급 수행 연구원의 호출이다. 수리치는 마음을 가다듬으며 눈을 떴다. 그리고 최대한 빨리 자료들을 옮겨 담고 자료실을 빠져나왔다. 자료실을 나온 수리치는 참았던 숨을 뱉었다. 한 고비는 넘겼다. 하지만 아직 위기가 끝난 건 아니다. 진짜 위기는 시시각각 다가오고 있었다.

수리치는 복잡한 얼굴로 바론의 방으로 갔다. 머릿속에는 한 가지 생각뿐이다. 바론이 움직이기 전에 나리아를 구해야 했다. 바론이 알파스피어를 쏘아올리고, 그것이 미래건 우주건 어디에서든 터지는 일은 막아야 한다. 그것이 나리아를 살리는 유일한 길이다.

맞서기

밤새 자료들을 살펴본 수리치는 창으로 떠오르는 해를 바라봤다.

해는 바다 위에서 떴다. 검게 보이는 물에는 해를 닮은 붉은빛이 번져 있다. 태양은 진짜지만, 바다는 가짜다. 어제와 같은 바다지만, 이젠 다른 바다다. 그건 바론의 속임수다. 수리치는 시간이 지날수록 자신이 해야 할 일이 분명해지는 기분이다. 나리아를 바론으로부터 구하는 것. 그 일에 모든 걸 걸 작정이다. 공중식이 있기 전까지 자신이 올해의 아이로 사람들 입에 오르내렸다는 걸 알고 있다. 돌이켜 생각해 보면 터무니없는 일이다. 자신은 나리아가 가진 힘의 10분의 1도 갖지 못한 존재다. 나리아가 가진 힘이 무엇인지 모르지만 그건 시공간을 넘어설 정도의 위력을 지녔다.

공증식을 앞둔 아이들은 누구나 한 번쯤 올해의 아이가 되기를 꿈꿨다. 평생 바론에서 머물면서 인류를 위해 봉사한다는 건 명예로운 일이다. 모두들 올해의 아이가 거기에 걸맞은 대접을 받을 거라고 생각했다. 하지만 진실은 다르다. 수리치는 그 진실이 무엇인지 직접 확인해 볼 생각이다. 수리치는 말끔히 정리된 방을 둘러보고 문을 나섰다.

바이탈크론이라고 적힌 팻말이 보이자 발걸음이 무겁다. 수리치는 자신이 마주할 진실이 두렵다. 수리치는 나리아와 걸었던 곳이라 짐작되던 곳에 서서 팻말을 바라봤다.

'그때 알았더라면 좋았을걸.'

다시 한 번 후회가 밀려왔다. 나리아를 브레이커라고 하던 말을 들었을 때 탈출시켰으면 좋았을걸, 하는 후회. 하지만 지난 일을 후회하는 건 소용없는 짓이다. 수리치는 숨을 내쉬고 바이탈크론으로 가는 복도로 들어섰다. 바이탈크론은 일반 연구원들의 출입이 통제 된 곳이다. 대부분의 연구원들이 이곳을 실험실로 알았다. 여기서 무슨 실험이 진행되는지는 몰랐다. 바론에서는 이곳 말고도 연구원들의 출입이 제한된 곳이 꽤 많다. 하지만 그걸 이상하게 여기는 사람은 없다. 출입이 통제된 구역은 다 그럴 만한 이유가 있다고 생각했다. 연구원들은 그저 정해진 곳에서 정해진 일을 하면 된다. 하지만 수리치는 이제 바론에서 일어나는 모든 일이 의심스럽다. 그리고 가장 의심스러운 곳이 지금 눈앞에 있다. 수리치는 궁리해 온 말을 속으로 되뇌었다.

바이탈크론의 입구를 통과하는 건 신분 확인만으로 가능하다. 진짜 문제는 검색대를 통과하는 일이다. 수리치가 검색대로 들어서자 차단막이 생기면서 기계음이 들렸다.

"허가 받지 않은 연구원은 통과할 수 없습니다."

수리치는 디스플레이에 꾸며온 지시서를 카메라에 갖다 댔다.

"가리온 님의 지시로 나리아 N30875의 혈액 샘플 결과를 확인하러 왔다."

또다시 단조로운 기계음.

"전달 받지 못한 내용입니다."

수리치는 조바심이 났다. 그때 뒤에서 연구원이 다가왔다.

"무슨 일이야?"

명찰에 표시된 그의 소속은 바이탈크론으로 되어 있다. 그가 수리치와 디스플레이를 번갈아 봤다. 수리치는 입술이 바짝바짝 타들어 갔다. 그가 사실 확인을 위해 가리온에게 연락이라도 하면 모든 게 끝장이다. 수리치는 말라붙은 입을 떼며 말했다.

"가리온 님이 통신 전달을 깜빡하신 모양입니다. 요즘 정신이 없으셔서요. 돌아가서 다시 확인을 받아 오겠습니다."

사내가 수리치의 신분을 확인하며 말했다.

"정신없긴 우리도 마찬가지지."

사내는 수리치에게 디스플레이를 돌려주며 앞장섰다.

"같이 들어가지."

수리치는 뜻밖의 행운에 어리둥절했다. 하지만 곧 마음을 다잡으며 연구원을 따라갔다.

바이탈크론 내부로 들어가는 절차는 꽤나 복잡하다. 수리치는 4군데 이상의 에어락을 통과하고, 맨살이 노출되는 걸 막는 헬멧과 보호 장구까지 착용했다. 그러고도 10여분을 걸어간 뒤에야 바이탈크론의 내부로 들어갈 수 있었다. 그곳은 생체 실험실이다. 아이들이 해부된 채로 누워 있거나 액체 속에 잠겨 있는 모습은 정신을 놓을 만큼 끔찍하다. 만약 바이탈크론의 연구원이 나리아의 혈액 샘플이 담긴 엠플을 내밀지 않았다면 실제로 정신을 잃었을지도 모른다. 연구원이 헬멧 속에서 웅얼거렸다.

"이것 때문에 모두 비상이지."

수리치는 간신히 고개를 끄덕였다. 그리고 양해를 구하듯 말했다.

"둘러봐도 될까요?"

사내는 망설이더니 고개를 끄덕였다.

"그렇게 해. 아무 때나 구경할 수 있는 것도 아니니까."

수리치는 구경이라고 말하는 연구원을 패 주고 싶다. 하지만 주먹을 움켜쥐는 걸로 대신했다. 아이들의 배를 갈라 놓고, 그것도 모자라 장기를 몸 밖에 펼쳐놓은 걸 구경이라니. 모든 게 역겹다. 수리치는 살벌한 풍경을 둘러보며 생각했다.

'미쳤어.'

이 말밖에는 생각나지 않았다. 실험 대상이 된 아이들은 죽은 게 아니다. 그 아이들과 연결된 선에서 살아 있음을 표시하는 생체리듬이 출력되고 있다. 그 선들은 심장에 박힌 붉은 뉴로콘과 연결되었다. 수리치는 그 뉴로콘이 뭔지 알고 있다. 그건 자신이 나리아에게 가져갔던 것과 같은 거다.

'내가 나리아에게 무슨 짓을 한 걸까?'

죄책감이 몰려왔다. 모르고 한 짓이라고 해도 죄책감은 좀처럼 사라지지 않았다. 수리치는 자신이 그런 일을 하도록 만든 가리온과 바론을 저주했다.

여기 있는 아이들은 모두 바론을 지킨다는 명목으로 희생된 존재들이다. 바론은 자신이 통제할 수 없는 힘을 이런 식으로 다스려 왔던 거다. 아이들을 이렇게 만들고 사람들이 얻은 건 어제와 같은 오늘이다. 그리고 오늘과 같은 내일이다. 이제 모두가 진실을 알아야 한다. 바론이 숨기고 있는 것들에 대해. 나리아에 대해, 그리고 알파스피어에 대해. 하지만 아직은 때가 아니다. 가장 급한 건 나리아를 구하는 일이다.

수리치는 바이탈크론을 나서자마자 구역질을 했다. 혼자 감당하기엔 너무나 크고 역겨운 진실이다. 수리치는 비칠거리는 걸음으로 복도를 걸었다. 그러면서도 머릿속은 나리아를 구할 방법을 궁리하느라 바빴다. 그러려면 우선 나리아에게 연락이 닿아야 한다.

'어떻게 알리지?'

바로 그때 생각이 스쳤다.

방으로 돌아온 수리치는 여분의 종이 띠에 글씨를 썼다. 그리고 재빨리 복제 기계에 넣었다.

"수천 장, 아니 수만 장이면 될까?"

종이 띠가 많으면 많을수록 나리아에게 전달될 확률도 높다. 수리치는 복제 값을 최대치로 입력하고 시간을 확인했다. 가리온이 벌써 바론의 방으로 넘어와 있을 시간이다. 수리치가 제때 나타나지 않으면 의심을 살 수도 있다. 수리치는 복제 중인 기계를 요람 뒤에 밀어 놓고 방을 나섰다.

짐작대로 가리온은 바론의 통제구역에 있다. 수리치는 눈에 띄지 않게 수행 연구원들의 꽁무니에 붙어 섰다.

나리아의 심장박동 소리는 여전히 바론의 방에 울려 퍼졌다. 가리온이 바론을 돌아보며 말했다.

"이제 저 소리도 멈추겠군."

바론이 대답했다.

"위치 추적이 95퍼센트에 도달했습니다."

수리치는 조바심으로 입술을 잘근잘근 씹었다. 바론의 처리 속도라면 오늘 내로 나리아에 대한 제거가 진행된다. 조바심이 난 수리치는 아무도 모르게 바론의 방을 빠져나왔다. 방을 나온 뒤로는 전속력으로 달렸다.

수리치는 방으로 오자마자 복제부터 확인했다. 복제기 안은 똑같은 형태의 종이 띠로 빈틈이 없다. 수리치는 압축 기능을 선택해서 수십만 장의 종이 띠를 압축했다. 그리고 벽장에서 메포스밈을 꺼내 뚜껑을 분리했다. 메포스밈은 나리아에게 종이 띠를 전달할 유일한 방법이다. 다만 그 전에 시간 값을 설정해야 했다. 수리치는 자신의 이론과 메포스밈의 작동이 맞아떨어지길 간절히 바랐다. 수리치는 메포스밈에 내장 회로를 꺼내 시간을 담당하는 부위를 조절했다. 이마에서 땀이 비오듯 흘렀다. 하지만 닦을 시간도 없다. 그사이 뉴로콘으로 호출 신호가 들어왔다. 하지만 지금 이 방을 나간다면 나리아를 구할 시간도 없다. 호출 신호의 주기가 점점 짧아졌다. 수리치는 귓등을 자극하는 신호를 무시하고 하던 일에 집중했다. 혹시 모를 일을 대비해 출입문을 수동으로 잠그는 것도 잊지 않았다.

메포스밈에 대한 조작이 끝나갈 무렵 밖에서 문을 두들겼다. 수리치는 쾅쾅 울리는 진동을 느끼며 문을 바라봤다. 이제 정말 시간이 없다. 잠시 뒤, 더 많은 사람들이 문밖에 모여드는 소리가 났다. 사람들이 방으로 들어오지 못하도록 시간을 벌어야 했다. 수리치는 요람을 문 앞에 밀어다 놓았다. 때마침 복제기에서 압축을 완료했다는 신호가 들렸다. 수리치는 주문을 걸듯 말했다.

"침착해야 돼, 침착해야 돼!"

밖에서 강제로 문을 열려는지 레이저 빛이 스며들었다. 수리치는 회로 판의 조임쇠를 고정하는 것으로 작업을 마무리했다. 메포스밈의 내장 회로를 제자리에 꽂고 뚜껑을 덮은 뒤에는 압축된 종이 띠를 옮겨 담았다. 숫자판을 조작하는 수리치의 손이 떨렸다. 장소 값은 나리아의 붉은 점이 표시된 지구 반대편이다. 시간 값은 어제 자료실에서 확인한 숫자를 입력했다.

5624.14.45

하지만 수리치는 곧 마음을 바꿨다. 나리아에게 준비할 시간을 만들어 줘야 한다. 갑자기 소식을 알게 되어도 준비할 수 있는 시간이 없다면 앉아서 당할 수밖에 없다. 수리치는 어제 확인한 시간에서 며칠 전으로 시간을 바꿔야 했다. 그렇게 해도 그곳은 지금보다 미래가 분명하다. 수리치는 벌겋게 달궈진 문을 쳐다보고 마지막 숫자를 고쳤다.

5624.14.40

수리치는 마지막 숫자가 하루를 뜻하는 것이길, 그래서 나리아가 닷새의 시간을 얻게 되길, 자신이 제대로 된 선택을 했기를 간절히 바랐다. 그리고 마지막으로 전송 버튼을 눌렀다. 수리치는 기계가 작동을 시작하자마자 메포스밈을 벽장에 밀어 넣었다. 그와 동시에 문짝이 뜯겨 나갔다. 무장한 사람들이 수리치를 향해 총구를 들이밀었다.

"너를 명령 불복종으로 체포한다."

수리치는 체념한 표정으로 방을 나갔다. 서둘러 체념한 건 벽장 속에 숨겨둔 메포스밈을 들키지 않기 위해서다. 다행히 메포스밈은 작동을 멈추지 않았다. 수리치는 메포스밈이 전송을 성공할 때까지 무한 재생하도록 설정해 놓았다. 전송이 시도될 때마다 메포스밈에 들어 있는 종이 띠가 사납게 소용돌이 쳤다. 그렇게 몇 번의 시도 끝에 메포스밈이 작동을 멈췄다. 기계 안에는 이제 아무것도 남아 있지 않았다.

종이 비

코레의 하루하루는 평화롭다. 그 평화는 세상이 끝날 때까지 지속될 것만 같다.

아침을 먹고 나면 할아버지는 온실로, 마오는 마을과 유물터로 갔다. 마오의 일은 할아버지가 만든 약을 집집마다 나눠 주고, 유물터를 돌아보고 오는 거다. 나리아는 마오를 따라나서는 대신 집에 남아 할아버지를 도왔다. 나리아가 따라나서면 마오의 일이 그만큼 더뎌지기 때문이다.

할아버지는 오전 시간을 약초 만드는 일로 보냈다. 시간이 지날수록 나리아가 온실에 머무는 시간도 길어졌다. 온실 뒤편에 있는 창고는 말린 약재로 가득하다. 창고는 온실과 달리 메마르고 건조한 공기로 채워져 있다. 식물은 저마다 머금고 있는 향이 다르다.

살아 있을 때와 죽었을 때의 향도 다르다. 나리아는 이제 몇몇 약초를 향기로 구분했다. 할아버지는 나리아가 들고 있는 바구니에 약초들을 담으며 말했다.

"식물이든, 사람이든 똑같다. 뿌리를 내린 곳이 터전이 되지."

나리아는 바구니를 옮겨 잡으며 물었다.

"터전이요?"

"살아가는 곳이란 뜻이다."

"저도 여기서 살아가야 한다는 말씀인가요?"

"씨앗은 떨어질 만한 곳에 떨어진단다."

나리아는 땅속에 뿌리를 내린 나무들을 떠올렸다. 마을에 있는 커다란 나무에서부터 온실 입구와 응달에서 자라는 나무, 그리고 숲을 이루고 있는 나무와 외따로 떨어져 자라는 나무. 그러자 씨앗들이 뿌리 내린 수많은 우연이 생각났다. 공기의 우연, 바람의 우연, 햇빛의 우연, 빗물의 우연. 그러다 문득 그것이 정말은 우연이 아닐지도 모른다는 생각을 했다. 어쩌면 모든 게 정해진 운명일지 모른다. 만약 그렇다면 자신이 이곳에 오게 된 건 무슨 운명일까 궁금했다. 할아버지가 약초를 바구니에 포개며 말했다.

"무슨 생각을 하는 게냐?"

"아니에요. 아무것도."

"네가 이곳에 온 것이 잘못이라고 생각하는 거냐?"

나리아는 고개를 숙였다.

"모르겠어요."

"네가 여기 온 후로, 6번째 감각이 정상을 찾아 가고 있다."

나리아가 못 믿겠다는 투로 말했다.

"그럴 리가요……."

"나도 정확히는 모른다. 하지만 6번째 감각의 중심에 네가 있다더구나. 나무는 네가 기울어진 힘의 균형을 잡아 준다고 했다."

나리아는 할아버지를 물끄러미 바라봤다.

"전 잘 모르겠어요. 6번째 감각이 자연에서 온 것이라면, 바론 이전 시대의 사람들에겐 그런 힘이 없었나요? 저는 그런 힘이 있다는 걸 한 번도 들어 보지 못했어요. 여기 와서 알게 되었죠."

할아버지가 일손을 멈췄다.

"내 생각은 조금 다르단다. 잘은 모르지만, 6번째 감각은 인류의 역사와 같을 것 같구나. 다만 그게 어느 시점에서 두드러진 게 아닌가 싶다."

"어느 시점이란 게 언젠가요?"

할아버지가 자리에서 일어나며 말했다.

"따라오너라."

할아버지가 나리아를 데려간 곳은 잘려진 나무 밑동이 있는 곳이다. 만약 잘리지 않았다면 나무는 나리아가 두 팔로도 감싸지 못할 정도의 크기다.

"이 나무는 병이 들었다. 뿌리가 썩고 삭아서 제 몸을 지탱할 수 없었지. 나무는 자신이 죽을 걸 알았다. 그때 나무가 무엇을 했을 것 같으냐? 가만히 서서 마지막 순간을 기다렸을까?"

할아버지는 그렇게 말하며 나무의 밑동을 가리켰다. 거기엔 작은 새싹이 돋아 있다.

"생명은 이런 거다. 나무는 씨앗을 남겼다. 다시 시작할 씨앗을 말이다."

나리아는 중얼거렸다.

"이것이 6번째 감각과 무슨……."

그러다 나리아는 어떤 느낌을 받았다. 죽음의 위기를 직감한 나무의 마음을 느꼈고, 죽으면서도 살고자 하는 생명의 강인함을 느꼈다. 인간에게는 그 힘이 바로 6번째 감각이다. 할아버지가 고개를 끄덕였다.

"그래, 잠재된 힘은 진짜 위기를 직면했을 때 발휘된다. 6번째 감각의 중심에 네가 있다고 한 건 그래서다. 내 생각엔 네가 살던 곳의 사람들이 이 나무와 같은 게 아닐까 싶다."

나리아는 할아버지를 마주 봤다.

"그리고 이 새싹은 바로 너이겠지."

나리아는 마음이 묵직해지는 기분이다. 할아버지는 천천히 발걸음을 옮겼다. 나리아는 할아버지를 따라가며 조금 전 일을 마음속에 새겼다. 할아버지 말대로 6번째 감각이 위기의 순간에 발현된다면, 지금 바론시가 그러한 때다. 어쩌면 바이탈크론에 갇힌 아이들은 바론시의 위기를 바로잡기 위해 드러난 존재들일지 모른다. 그렇다면 바론시의 위기는 무엇인가? 무엇을 바로잡아야 하는 걸까? 나리아는 여인의 모습을 하고 있던 바론을 떠올렸다. 인위적이고 부자연스러운 모습의 바론. 바론을 떠올리면 마음이 불안하고 초조하다. 이곳에 온 이후로는 더 그랬다. 그 아이들이 바론의 속임에 넘어가 그토록 처참한 모습이 되지 않았다면, 그랬다면 바론시는 지금과 다른 모습이었을까? 사람들도 달라졌을까? 알 수 없는 일이다. 게다가 멀리 떠나온 자신은 바론시를 위해 할 수 있는 일이 아무것도 없다. 나리아는 자신이 무수한 희생을 치르면서까지 준비된 씨앗일 리 없다고 생각했다. 하지만 정말로, 할아버지 말이 맞는다면, 그러면 자신이 이곳에 오게 된 이유는 무엇일까? 앞으로 무엇을 해야 하는 걸까? 나리아는 엉킨 실타래처럼 머릿속이 복잡했다. 할아버지는 바닥에 놓인 바구니에서 약초를 꺼내 추가 달린 저울에 무게를 달았다. 할아버지가 저울의 눈금을 확인하며 말했다.

"의미를 찾아가는 건 차차 하자꾸나."

나리아는 묵묵히 할아버지 일을 도왔다. 할아버지는 나눠진 약초를 끓이거나 곱게 가루를 냈다. 하지만 빻고 달인 약초의 나중 모습은 한결같이 작은 구슬 모양이다. 할아버지는 먹기 좋은 크기로 만들어진 약초 알갱이를 병에 나눠 담았다. 그것들은 용도에 따라 쓰임새도 다르다.

약초 만드는 일이 끝나고 나리아는 집 주위를 산책했다. 온실 뒤쪽으로는 작은 숲이 있다. 숲에서 가장 많이 마주치는 건 새다. 새들이 지저귀는 소리는 나무 위에서 났다. 나리아는 나무를 올려다보는 것만으로도 새의 둥지 안을 볼 수 있다. 통시안 덕분이다. 미오를 구한 뒤부터 죽 그랬다. 의도하지 않아도 멀리 있는 곳의 모습을 볼 수 있었다. 나리아는 지난번에 눈여겨 본 둥지가 있는 나무로 갔다. 마침 어미 새는 둥지를 비운 상태다. 나리아는 고개를 젖혀 둥지를 바라봤다. 처음에는 나뭇가지 사이에 얼기설기 만들어 놓은 둥지 아랫부분만 보였다. 하지만 조금 지나자 둥지 속이 훤히 보였다. 둥지에는 이제 막 깨어난 새끼 3마리가 있다. 처음 봤을 때보다 핏기도 가시고 제멋대로 뻗친 깃털도 많아졌다. 새끼들은 짹짹거리며 둥지 안을 맴돌았다. 얼마쯤 지나자 어미 새가 먹잇감을 물고 나타났다. 나리아는 어미 새가 눈치채지 못하도록 나무에 몸을 숨겼다. 어미 새가 낯선 기척을 느끼면 둥지로 곧장 들어가지 않고 주위를 맴돈다는 걸 알기 때문이다. 드디어 어미 새가 둥지로 들어가 새끼들에게 먹이를 줬다. 나리아는 나무

기둥에 앉은 채로 그 모습을 볼 수 있었다. 어미 새의 투박하면서도 섬세한 몸짓과, 아우성치고 달려드는 새끼들의 모습. 그렇게 서로 엉겨 밀치는 모습이 사랑스럽다. 문득 할아버지가 했던 말이 떠올랐다.

'식물이든, 동물이든, 사람이든 다 똑같다.'

나리아는 한숨을 쉬었다. 할아버지가 똑같다고 하는 것들에 자신은 포함되지 않는다는 생각이 들었다. 나리아에게는 엄마도 없고 아빠도 없다. 나리아를 만들고 키우고 태어나게 한 것은 기계다. 생명이 없는 것에서 생명을 가진 것이 태어났다. 자신은 그런 존재다.

숲을 나오니 마오가 돌아와 있다. 마오가 나리아의 낯빛을 살피며 물었다.

"무슨 일 있어?"

나리아는 쾌활한 척 말했다.

"아무 일도 없는데."

나리아는 자신이 지닌 불안을 다른 사람에게 옮기고 싶지 않다. 마오가 할아버지가 있는 온실 쪽을 힐끔거리며 말했다.

"날지 않을래?"

나리아의 얼굴이 펴졌다.

"지금?"

"그래, 할아버지 나오시기 전에. 얼른."

"할아버지는 네가 온 줄 모르셔?"

마오가 검지를 세워 입술에 갖다 댔다.

"쉿, 들키면 끝이야."

나리아가 6번째 힘을 자유자재로 다루게 될수록 마오는 할아버지한테 꼼짝없이 매이는 신세가 됐다. 마오는 유물터에서 돌아오는 대로 수련을 하기로 되어 있다. 하지만 아직까지 수련은 제대로 되고 있지 않다. 뭔가를 만들거나 고칠 때는 엄청난 집중력을 발휘하는 마오지만, 수련만 시작하면 몸을 비틀었다. 그럴수록 할아버지의 날벼락도 세졌다. 그런데도 마오는 틈만 나면 도망칠 궁리만 했다. 마오가 나리아의 손목을 덥석 잡았다.

"빨리, 이쪽으로."

나리아는 못 이기는 척 끌려갔지만 마음은 이미 하늘에 가 있다. 나리아는 이곳에서 보내는 시간 중에 하늘을 날 때가 가장 좋다. 미오를 구하러 처음 비행할 때는 그 느낌을 충분히 느낄 수 없었다. 하지만 마오가 선심 쓰듯 함께 한 두 번째 비행에서는 그 느낌을 충분히 느낄 수 있었다. 새처럼 하늘을 나는 것. 그 순간은 죽어도 좋을 만큼 행복했다. 마오는 나리아가 혼자 비행하도록 가방을 빌려주지는 않았다. 나리아가 혼자 날 만큼 비행이 익숙하지 않기도 했지만, 그보다는 비행 가방이 마오에게는 무엇과도 바꿀 수 없을 만큼 소중하기 때문이다. 마오의 비행 가방은 엄마가 돌아가신 뒤에 할아버지가 만들어 준 것이라고 했다. 마오가 슬픔에서 벗어나 마음을 잡을 수 있었던 것도 비행 가방 때문이다. 더욱이 마을에서 비행 가방을 가진 건 마오뿐이다. 마오는 할아버지가 만든 비행 가방을 좀 더 근사하게 만들 계획도 갖고 있었다. 그것도 나무가 아닌 금속 날개가 있는 비행 가방을 말이다. 그걸 위해 유물터에서 얼음눈 금속을 모으고 있는 거다.

마오가 지난번처럼 나리아를 뒤에서 안으며 비행 가방을 맸다. 그때 온실 문 열리는 소리가 났다. 마오가 뒤에서 속삭였다.

"나리아, 뛰어."

나리아는 구르듯 언덕을 내려갔다. 뒤에서 마오의 거친 숨소리가 들렸다. 할아버지에게 마오가 혼날 것이 걱정되긴 했지만, 이 순간을 포기하고 싶을 정도는 아니다. 잠시 뒤, 발이 땅에 닿지 않았다. 마오와 나리아는 홀씨가 날아오르듯 하늘로 솟았다. 마오는 부지런히 날개와 연결된 끈을 잡아당겼다. 그럴수록 날개는 마오와 나리아를 더 높은 하늘로 데려갔다.

이곳의 하늘은 바론과 다르다. 하늘에 있으면 차이가 더 확실하다. 여기서는 하늘을 날면 어디든 갈 수 있다는 생각이 든다. 하지만 바론의 하늘은 바론을 벗어날 수 없다는 느낌이 강하다. 그런 생각을 한 건 바론을 벗어나도 갈 곳이 없기 때문이기도 하다.

온통 바다로 뒤덮인 지구. 바론만 존재하던 지구는 외로운 공간이 분명하다. 나리아는 이곳으로 오게 된 것이 다행인지도 모른다고 생각했다. 할아버지 말처럼 씨앗은 떨어져야 할 곳에 떨어진다. 그 씨앗처럼 자신도 이곳으로 오게 된 거라고 믿고 싶었다. 그렇게 믿으면 여기서 뿌리를 내리고 살 수 있을 것 같다. 바론으로 돌아가고 싶은 생각은 없다. 어차피 바론에는 더 이상 자신이 속할 곳도 없다. 나리아가 염려하는 건, 처음부터 이곳에 속하지 않은 자신이 함부로 뿌리를 내려도 되는가 하는 거다. 나리아는 먼 곳을 보며 생각했다.

'이런 하늘을 날마다 날게 되면 바론의 일은 꿈처럼 기억될지도 몰라.'

나리아는 진심으로 그렇게 되길 바랐다. 그냥 나쁜 꿈을 꾸었다고 생각하는 때가 오기를 말이다.

할아버지는 마오를 단단히 별렀다.

"마오, 수련을 이렇게 게을리해서 어쩌겠다는 거냐?"

마오가 어물거렸다.

"저는 그냥, 나리아가 기분이 안 좋은 것 같아서요."

할아버지가 나리아를 바라봤다. 나리아는 자신에게 쏠린 시선이 불편하다.

"저, 그러니까. 그게……."

마오가 할아버지 등 뒤에서 손과 발을 흔들어 댄다. 거들어 달라는 뜻이다. 나리아는 재빨리 덧붙였다.

"제가 태워달라고 했어요."

할아버지가 이상한 낌새를 채고 마오를 돌아봤다. 하지만 마오는 언제 그랬냐는 듯 반성하는 얼굴을 하고 있다. 할아버지는 고개를 절레절레 저었다.

"어서 수련 준비나 해라."

비행 가방을 정리하자마자 마오는 할아버지에게 붙들려 고리의 방으로 끌려갔다. 할아버지가 고리의 방을 선택한 건 마오의 집중력을 높이기 위해서다. 마오는 방으로 끌려가기 전 나리아에게 도움의 눈빛을 보냈다. 하지만 나리아가 도울 수 있는 건 아무것도 없다. 마오를 고리의 방에 가둔 할아버지가 말했다.

"나리아, 밖에 널어놓은 약초 좀 걷어 오렴."

"네."

약초를 한 아름 안아 드는데 미오의 목소리가 들렸다.

"언니."

미오는 아주머니가 만들어 준 잼을 가져오는 중이었다. 미오는 할아버지 집을 놀이터처럼 오갔다. 제가 오고 싶을 때 오고, 가고 싶을 때 갔다. 잠도 두 집 중 마음이 내키는 곳에서 잤다. 그래서 할아버지는 미오의 방을 따로 마련해 두었다.

"할아버지 이 잼 정말 맛있어. 오늘은 이거랑 저녁 먹자."

잼을 받아든 할아버지는 함박웃음을 지으며 "오냐, 오냐" 하고 대답했다. 미오는 할아버지한테 스스럼없이 안기고 매달렸다. 나리아 생각에 할아버지를 웃게 하는 사람은 미오뿐이다. 잼 때문에 기분이 좋은 건지, 미오가 와서 기분이 좋은 건지 할아버지는 혼자 저녁을 준비할 테니 미오와 놀라고 했다. 나리아는 미오를 데리고 밖으로 나왔다. 미오는 잠시도 가만 있지 않고 집 주위를 돌아다녔다.

미오에게는 눈에 보이는 모든 게 신기하고 재밌는 모양이다. 미오의 호기심은 이곳에 온 지 얼마 안 되는 나리아보다 강하고 순수하다. 나리아는 그런 미오가 부럽다. 나리아는 단순해지려 해도 단순해질 수 없는 한계를 지닌 기분이다. 미오를 쫓다 지친 나리아는 풀밭에 드러누웠다.

티끌 하나 없이 맑은 하늘이 붉은빛으로 물들고 있다. 해가 지는 거다. 미오는 나리아 주위를 돌며 꽃을 따 모았다. 여기서는 모든 게 평화롭다. 땅도 사람도 하늘도. 모두가 자기가 속해야 할 곳에서 조화를 이루며 살았다.

그때 하늘에서 뭔가가 팔랑거리며 떨어졌다. 나리아는 몸을 일으켰다. 저만치에서 미오가 땅에서 주운 걸 흔들었다.

"언니, 종이 비야. 하늘에서 종이 비가 내려."

나리아는 근처에 떨어진 종이를 주웠다. 얇은 띠로 된 종이에는 바론의 글씨가 적혀 있다. 글씨를 알아본 순간 나리아는 심장이 쿵하고 내려앉았다. 나리아는 글자들을 천천히 읽었다.

나리아. 위험해. 바론이 너를 없앨 거야. 바론이 찾을 수 없는 곳으로 도망쳐. 시간이 없어.

수리치의 필체다. 나리아는 하늘을 올려다봤다. 하늘엔 수많은 종이가 펄럭였다. 노을로 붉게 물든 종이들이.

고리세계에 닥친 위험

나리아와 할아버지와 마오는 식탁에 앉아 종이를 들여다봤다. 하늘에서 쏟아진 종이에 신이 난 미오는 그새 아이들과 논다며 마을로 내려갔다. 할아버지가 코끝에 안경을 걸친 채 고개를 들었다.

"여기 적힌 글씨가 정말 네가 말한 대로냐?"

나리아는 고개를 끄덕였다. 할아버지가 탄식하듯 말했다.

"어허, 이것 참."

마오가 두 사람을 번갈아 봤다.

"그런데 나리아가 여기 있다는 걸 어떻게 안 거죠?"

나리아가 왼쪽 가슴에 손을 갖다 대며 말했다.

"여기 있는 뉴로콘 때문인 것 같아."

할아버지가 물었다.

"뉴로콘이란 게 뭐냐?"

나리아는 자신의 심장에 들어 있는 뉴로콘에 대해 설명했다. 그리고 공증식이 있던 날부터 이곳에 오기까지 겪었던 모든 일을 털어놨다. 나리아가 말하는 동안 두 사람은 숨소리조차 내지 않았다.

"제 몸속에 있는 뉴로콘이 바이탈크론에 있는 아이들한테도 있어요. 거기서 내보내는 신호가 기계로 출력되는 걸 봤어요. 제 몸에 있는 것도 그런 식으로 바론으로 신호를 보냈을 거예요."

마오가 별거 아니라는 듯 말했다.

"그럼, 그걸 없애면 되잖아."

나리아는 고개를 저었다.

"없앨 수 없어. 이건 심장에 들어 있어. 이걸 없애면…… 내가 죽을 거야."

마오가 기막히다는 듯 말했다.

"정말 죽는다고?"

할아버지가 마오를 나무랐다.

"괜한 소리는 하지 말거라. 그보다는 여기 적힌 말이 사실인지 어쩐지 알 수가 없구나."

나리아는 바론의 방을 떠올리며 말했다.

"사실일 거예요. 바론은 제가 모르스라고 했어요. 그래서 제거해야 한다고요."

"너를 죽이려 한다면, 이 종이는 대체 누가 보낸 거냐?"

나리아는 궁리하다 입을 열었다.

"수리치 같아요. 예전에도 수리치가 이런 종이를 준 적이 있어요."

마오가 물었다.

"수리치? 그게 누군데?"

"그 애는 나랑 같이 공증식을 치렀어. 그리고 가리온의 수행 연구원이 되었지. 그 애가 내 방으로 뉴로콘을 가져왔어."

마오는 재촉하듯 물었다.

"그러면 수리치인지 뭔지도 너를 죽이려는 사람들과 한패라는 거잖아. 그런데 왜 이제 와서 이런 걸 보낸 거야?"

나리아는 고개를 저었다.

"나도 모르겠어."

나리아는 풀밭에서 종이를 줍자마자 집으로 들어왔었다. 그리고 2층 자기 방으로 가서 예전에 침대 밑에 밀어 두었던 옷을 꺼냈다. 종이 띠는 그대로 있었다. 짐작대로 종이에 적힌 글씨체가 같았다. 나리아는 옷을 침대 밑에 밀어 넣던 때와 똑같은 기분을 느꼈다.

'수리치가 왜? 나한테 왜?'

수리치의 진심을 알 수 없다. 좋아한다는 말이나, 도망쳐야 한다는 말 모두 나리아는 이해가 되지 않는다.

세 사람은 입을 다물고 식탁에 놓인 종이를 내려다봤다. 한참 만에 할아버지가 말했다.

"이제 생각해 보니 사람들의 6번째 힘이 약해진 건 바론과 연관이 있는 것 같구나. 정상적이지 않은 힘이 거대해지면 어떤 식으로든 문제가 일어나는 것과 같은 이치지."

마오가 말했다.

"하지만 상관 없을 수도 있잖아요?"

할아버지는 나리아를 바라봤다.

"나리아, 통시안을 써 보는 건 어떻겠니?"

마오가 놀란 얼굴로 되물었다.

"통시안을요?"

나리아는 눈만 껌벅였다. 할아버지가 조용히 말했다.

"내 생각엔 말이다, 네가 이곳으로 온 것에 이어 이 종이도 온 걸 보면 말이다, 아무래도 시공간이 그쪽과 연결되어 있는 게 아닌가 싶다. 틈이 벌어진 걸 수도 있고 말이야. 그래서 코레의 질서에 문제가 생긴 거고. 정말로 그쪽과 이쪽이 어떤 식으로든 이어져 있는 게 맞는다면, 네 통시안이 그쪽으로 넘어가는 것도 가능할 것 같구나. 어떠냐, 내 말이?"

나리아는 고개를 저었다.

"모르겠어요."

마오가 위로하듯 말했다.

"할아버지 말대로 해 봐. 아무것도 안 하는 것보단 낫잖아."

잠시 뒤, 세 사람은 고리의 방에 둘러앉았다. 나리아는 고리 모양의 양탄자를 마주하고 정신을 집중했다. 하지만 머릿속은 생각들로 뒤죽박죽이다. 뒤쪽에 앉은 할아버지가 말했다.

"호흡부터 가다듬으렴."

나리아는 시키는대로 했다. 내뱉는 숨 한 번, 들이쉬는 숨 한 번. 그렇게 시간이 흐르자 들이쉬고 내뱉는 숨의 길이가 조금씩 길어졌다. 그러다 어느 순간 바론이 떠올랐다. 하지만 제대로 보기까지는 오랜 시간이 필요했다. 창밖은 어둡고, 나리아는 처음 자세 그대로 양탄자를 마주한 채 눈을 감고 있다. 이윽고 나리아는 허공으로 떠오르는 기분을 느꼈다. 그러더니 눈꺼풀 안쪽에 모습이 선명해졌다. 바론의 방이다. 가리온의 목소리가 멀리서 들렸다.

"규칙을 어긴 연구원이 어떻게 되는지는 알고 있겠지?"

수리치는 어딘가에 갇혀 있다. 빛이 흐르는 감옥에 갇힌 수리치가 가리온을 향해 외쳤다.

"규칙을 어긴 건 당신입니다. 당신과 바론이 알파스피어를 사용한다는 걸 알면 사람들이 가만 있지 않을 겁니다."

가리온이 소리쳤다.

"쓸데없는 소리. 곧 그 입을 다물게 해 주지. 모르스를 없앤 뒤에 말이야."

수리치의 눈은 분노로 들끓고 있다.

"나리아는 모르스가 아닙니다."

가리온은 붉은 점이 깜박이는 화면을 가리키며 말했다.

"이 점이 사라지는 모습을 지하 감방으로 전송해 주지."

"안 돼!"

수리치의 외침이 길게 이어졌다.

다음 순간 바론의 모습이 보였다. 바론의 눈동자는 모니터의 붉은 점을 노려보고 있다. 그 순간 나리아는 가슴에 통증을 느꼈다. 몸에 불이 붙는지 활활 타는 느낌이 났다. 눈앞이 깜깜해지고 장면들이 머리 위에서 소용돌이쳤다. 나리아는 그대로 정신을 잃었다.

바론의 입

“나리아.”

“나리아.”

나리아는 자신을 부르는 소리에 고개를 들었다. 하지만 보이는 건 아무것도 없다. 사방이 어둡다.

“마오?”

대답이 없다.

“할아버지?”

여전히 답이 없다.

나리아는 어둠 속으로 걸어갔다. 너무 조용해서 숨이 막히는 기분이다. 나리아는 어둠에 대고 물었다.

“수리치니?”

어둠 속은 적막하다. 나리아는 앞으로 나아갔다. 한참만에 작은 불빛이 보였다. 어둠 속에 떠있는 불빛은 하얗다. 나리아는 불빛을 향해 걸었다. 하얗게 보이던 불빛이 초록빛을 띄었다. 작은 초록빛은 조금씩 부풀었다. 부풀고, 부풀고, 부풀고, 자꾸만 부푼다. 나리아는 심장박동이 빨라졌다. 잠시 뒤, 불빛은 거대한 형상이 되었다. 나리아는 허겁지겁 뒷걸음질쳤다. 하지만 몸이 꼼짝하지 않는다. 거대한 바론이 나리아를 내려다본다. 바론이 미소 지었다. 나리아는 오싹하다. 그때 어디선가 아이들이 뛰쳐나왔다. 해맑게 웃는 아이들은 바론에게 달려든다. 몸통에 매달린 아이들이 바론의 얼굴을 향해 기어올랐다. 나리아는 아이들을 말리고 싶다. 하지만 몸이 움직이지 않는다. 입도 달라붙어 아무 말도 하지 못한다. 나리아는 몸부림쳤다. 그러는 사이 아이들이 바론의 얼굴에 닿았다. 그 순간 바론의 입이 벌어졌다. 커다란 바론의 입은 시뻘건 화염으로 들끓는다. 아무것도 모르는 아이들이 하나둘 화염 속으로 굴러떨어졌다. 나리아는 입속으로 들어간 아이들이 새까맣게 타는 걸 똑똑히 지켜봤다. 바론은 웃는 얼굴로 아이들을 꾸역꾸역 삼켰다. 그때 여자아이가 보였다. 그 애는 이제 막 바론의 입에 도착했다. 아이는 입으로 들어가기 전에 고개를 돌렸다. 그리고 나리아를 향해 손을 흔든다. 미오다. 나리아는 울부짖었다. 하지만 소리가 나지 않는다. 마침내 미오가 바론의 입속으로 굴러

떨어졌다. 그리고 화염에 휩싸여 새까맣게 변했다. 나리아는 힘껏 소리쳤다.

"안 돼!"

할아버지와 마오의 얼굴이 보였다. 두 사람은 걱정스런 얼굴로 나리아를 내려다봤다. 나리아가 깨어난 곳은 제 방 침대다. 나리아가 일어나려고 하자 할아버지가 부축했다. 몸을 일으키던 나리아는 할아버지에게 와락 안겼다.

"바론이, 바론이 아이들을……."

할아버지가 나리아의 등을 쓸어주었다.

"이제 괜찮다. 괜찮아."

"저는 여기로 오면 안 됐어요."

할아버지가 물었다.

"그게 무슨 소리냐?"

나리아는 할아버지와 마오를 번갈아 쳐다봤다. 마오의 불안한 눈빛을 보니 바론의 입으로 떨어진 미오가 생각났다. 나리아는 마오의 눈길을 피하며 말했다.

"바론이 제가 있는 곳으로 무기를 쏜대요. 그것도 종이처럼 이리로 올 거예요. 그렇게 되면 여기는……."

마오가 궁금함을 참지 못하고 물었다.

"그게 무슨 소리야? 무기라니? 무슨 무기를 말하는 거야?"

할아버지가 손짓으로 마오를 말렸다. 할아버지는 침대 끝에 걸터앉으며 말했다.

"자세히 말해 보렴. 지금 당장 어떻게 되는 건 아닐 테니 말이다."

나리아는 창으로 고개를 돌렸다. 안쪽 창문에는 방의 불빛이, 바깥쪽 창문에는 깜깜한 어둠이다. 나리아는 마음을 가라앉히고 얘기를 시작했다. 고리의 방에서 본 바론의 모습과, 거기서 들은 얘기들, 그리고 끌려간 수리치에 대해. 하지만 깨어나기 전에 꾸었던 꿈 얘기는 하지 않았다. 할아버지와 마오에게 미오가 죽는 꿈을 꾸었다는 얘기는 할 수 없었다. 그건 그저 꿈일 뿐이다. 나리아는 스스로에게도 그렇게 되뇌었다. 잠자코 듣고 있던 마오가 말했다.

"그러니까, 수리치라는 사람이 적어 보낸 내용이 거짓이 아니라는 거지?"

"그런 것 같아. 그 일로 수리치가 잡혀가는 걸 봤거든."

마오의 질문이 이어졌다.

"그럼, 네가 말한 알파스피언가 뭔가 하는 게 정말로 여기로 오겠네?"

나리아는 대답 대신 고개를 끄덕였다.

"그게 대체 뭐야?"

나리아는 고개를 저었다.

"그건 잘 모르겠어. 하지만 수리치가 말하는 걸로 봐선 굉장히 위험한 거 같아."

마오는 한숨을 내쉬며 천장을 쳐다봤다. 나리아는 고개를 숙이며 중얼거렸다.

"다 내 잘못이야. 내가 오지 않았다면 이런 일도 없었을 텐데……."

할아버지가 나리아의 손을 잡았다.

"괜찮다. 아가. 내가 방법을 찾아보마."

마오도 목소리에 힘을 실었다.

"저도 도울게요."

할아버지가 고개를 끄덕였다.

하지만 나리아의 마음은 무겁다. 바론은 어떤 일이 있어도 자신에 대한 추적을 멈추지 않을 거다. 나리아는 유리관에서 이곳으로 오게 된 순간부터 알았다. 죽을 때까지 바론의 눈이 자신을 쫓을 것을. 이곳 생활에 적응하면서도 순간순간 불안함을 느낀 것도 다 그 때문이다. 하지만 불안한 예감은 생각보다 훨씬 심각한 모습으로 드러났다. 나리아는 바론이 자신만 헤칠 거라고 생각했다. 그 일로 다른 사람들에게까지 피해가 갈 수 있다는 생각은 하지 못했다. 그런데 이제 모두가 위험에 빠졌다. 할아버지와 마오, 미오, 코레의 사람들. 그리고 바론시에 있는 수리치까지. 이 모든 일이 자신 때문이라는 사실이 두렵다. 할아버지가 자리에서 일어났다.

"이제 그만 쉬렴."

마오가 덧붙였다.

"그렇게 하는 게 좋겠어. 많이 힘들어 보여."

나리아는 울음을 삼키며 고개를 숙였다. 할아버지가 마오를 데리고 방을 나간 뒤에도 나리아는 고개를 들지 못했다. 방문이 닫히고 혼자 남겨지자 눈물이 손등 위로 떨어졌다. 바론의 방에서 본 장면들이 생각났다. 어디론가 끌려가던 수리치. 수리치는 자신을 도우려던 게 분명하다. 만약 수리치에게 무슨 일이 생기면 나리아는 자신을 용서하지 못할 것 같다. 이곳에 온 뒤로도 나리아는 죽 수리치를 의심했다. 바론과 가리온과 수리치, 그리고 그곳의 모든 사람들이 자신을 속이고 죽이려 했다고 믿었다. 나리아는 수리치에게 처음 받은 종이를 꺼냈다.

'내가 널 좋아해.'

나리아는 작게 중얼거렸다.

"미안해, 수리치."

나리아는 종이를 주머니에 넣고 침대에서 나왔다. 그리고 창가에 서서 밖을 내다봤다. 방 안의 불빛 때문에 밖이 잘 보이지 않는다. 나리아는 창문을 열었다. 서늘하고 신선한 밤공기가 몸을 적셨다. 나리아는 창밖으로 몸을 내밀고 마을을 바라봤다. 마을의 불빛과 하늘의 별빛, 그 사이에 나무가 있다. 그 순간 머리가 지끈댔다. 이윽고 눈앞에 불바다가 된 마을의 모습이 떠올랐다. 그 한복판에 화염에 휩싸여 신음하는 나무가 있다. 나무는 커다란 몸통을 비틀며 구르릉 소리를 냈다. 나리아는 깜짝 놀라 뒤로 물러났다. 어느새 환영은 사라지고 마을의 모습도 원래대로 보였다. 나리아는 가쁜 숨을 몰아쉬며 창문을 닫았다. 창을 등지고 돌아서니 죄책감이 몰려왔다.

'내가 잘못 온 거야.'

'여기 오면 안 되는 거였어.'

'바론에서 죽었어야 했는데…….'

나리아는 결심했다.

"그래, 내가 죽어야 해. 그러면 바론도 포기할 거야."

나리아는 침대로 가서 이불을 젖혔다. 구석구석 더듬었지만 마땅한 물건이 없다. 나리아는 똑바로 서서 방안을 쏘아봤다. 단조로운 방 어디에도 자신이 찾는 물건은 없다. 나리아는 유일한 가구인 서랍장으로 갔다. 서랍들을 하나하나 열었지만 역시나 아무것도 찾지 못했다. 나리아는 숨을 고르며 일어났다. 그러다 창틀 아래 세워둔 낡은 촛대를 발견했다. 나리아는 촛대를 집었다. 촛대는 꽤 길고 앞이 뾰족하다. 중간에 끼워둔 받침대만 빼면 충분할 것 같았다. 마침 받침대는 헐겁게 기울어져 있다. 나리아는 힘을 모아 받침대를 촛대에서 빼냈다. 받침대가 빠진 촛대는 뾰족한 쇠막대 같다. 나리아는 그걸 두 손으로 움켜잡았다. 그리고 뾰족한 부분이 자신의 심장을 향하게 했다. 나리아는 주문을 걸듯 말했다.

"그게 멈춰야 바론도 멈출 거야."

나리아는 눈을 감고 정신을 집중했다. 자신의 심장에 박힌 뉴로콘의 위치를 보기 위해서다. 잠시 뒤, 펄떡이는 심장이 보인다. 그 다음엔 심장 깊숙이 박혀 있는 붉은 뉴로콘도 보인다. 붉은 뉴로콘은 심장 속에서 완벽히 보호 받고 있다. 그건 이미 심장의 일부나 마찬가지다. 나리아는 눈을 감은 채 쇠막대의 위치를 조절했다. 쇠막대는 심장을 뚫고 뉴로콘까지 들어가야 한다. 마침내 나리아는 눈을 떴다. 창문에 쇠막대를 들고 있는 자신의 모습이 비쳤다. 쇠막대를 잡은 손이 부들부들 떨렸다. 나리아는 쇠막대를 꽉 움켜잡으며 마음을 다잡았다.

"해야 돼."

나리아는 쇠막대를 가슴 쪽으로 힘껏 잡아당겼다. 쇠막대의 뾰족한 부분이 가슴을 찔렀다. 바로 그 순간, 심장이 펄떡하고 뛰었다. 나리아는 멈칫했다. 그러는 사이 심장은 계속 두근댔다. 나리아는 이상한 기분이 들었다. 펄떡이는 심장이 다른 존재처럼 느껴졌다. 나리아의 의지와 상관없이 심장은 살고자 요동쳤다. 그 격

렬한 움직임은 자신에게 닥칠 위험을 거부하고 있다. 나리아의 손에서 쇠막대가 빠져나갔다. 바닥에 떨어진 쇠막대가 침대 쪽으로 굴러갔다. 나리아는 그대로 주저앉았다. 그때 등 뒤에서 마오의 목소리가 들렸다.

"그거 뭐야?"

나리아는 고개를 돌렸다. 마오가 찻잔을 들고 문 앞에 서 있다. 언제 들어왔는지는 알 수 없다. 마오는 나리아를 뚫어질 듯 바라봤다. 그리곤 천천히 걸어와 찻잔을 침대 맡에 내려놓았다.

"할아버지가 갖다 주라셨어. 잠드는 데 도움이 될 거라고."

나리아는 아무런 대꾸도 못했다. 잠시 뒤, 마오가 몸을 숙여 침대 아래 떨어진 촛대를 집어 들었다. 마오는 그대로 문 쪽으로 걸어가며 말했다.

"이런 게 바닥에 있으면 위험해."

마오가 방을 나가는 동안에도 나리아는 꼼짝도 하지 않았다. 자신이 어리석고 못나게 느껴졌다. 나리아는 울음을 삼켰다. 이런 식으로 모두에게 짐이 될 수는 없다. 나리아는 자리에서 일어났다. 마오가 두고 간 찻잔에서 김이 피어올랐다. 나리아는 찻잔을 들어 한 모금 마셨다. 따듯한 기운이 몸속을 채웠다. 문득 할아버지가 해 준 말이 떠올랐다.

'씨앗은 떨어질 곳에 떨어진다.'

나리아는 그 말을 믿어 보기로 했다. 어느덧 찻잔도 바닥을 드러냈다.

나무 장식

이튿날 아침은 여느 때와 같다. 다른 것이 있다면 마오의 말 수가 부쩍 줄었다는 거다. 화가 난 건 아니다. 다만 어딘지 모르게 점잖아진 느낌이다. 아침을 먹으며 할아버지가 말했다.

"글쎄, 마오가 아침 수련을 했지 뭐냐."

나리아가 놀란 얼굴로 물었다.

"정말요?"

마오는 별거 아니라는 투로 말했다.

"이제부턴 아침, 저녁으로 할 거예요. 두고 보세요."

할아버지가 웃으며 말했다.

"허허, 꼭 두고 보마."

아침을 먹자마자 마오는 유물터로 갔다. 할아버지는 온실로 가는 대신 고리의 방으로 갔다. 할아버지는 방으로 가면서 나리아에게 당부했다.

"당분간 내 대신 약초 일을 좀 봐다오. 온실에서 약초를 거두고 창고에 널어두는 일만 하면 될 게다. 만들어 놓은 약들이 꽤 되니 달이고 빻는 일은 하지 않아도 된다. 부탁하마."

나리아는 어리둥절한 얼굴로 물었다.

"어디 가세요?"

할아버지가 고개를 저었다.

"자료들을 좀 찾아보려고 그런다. 어제 일 때문에 말이다."

나리아의 표정이 어둡다. 할아버지가 나리아의 어깨를 토닥였다.

"걱정 말거라. 방법을 찾을 수 있을 게다."

나리아는 말없이 고개를 끄덕였다.

온실과 창고를 오가는 동안 나리아는 고리의 방으로 눈이 갔다. 할아버지가 방법을 찾기를 바랐지만, 그 반대면 어쩌나 걱정이 됐다. 나리아는 선반에 널어놓은 약초를 골고루 마르게 뒤집어 놓고 창고를 나왔다. 할아버지는 아직도 고리의 방에 있는 눈치다. 나리아는 손으로 옷에 달라붙은 풀들을 털며 집으로 들어갔다.

방문 앞에 섰지만 들어가기가 망설여졌다. 좋은 소식이 있다면 아무런 기척을 하지 않을 리 없다. 불안한 생각이 맞으면 어떤 표정을 지어야 할지 고민 됐다. 하지만 겁난다고 피할 수 있는 현실이 아니다. 나리아는 방문을 두드렸다.

안에서는 아무런 답이 없다. 나리아는 손잡이를 돌려 문을 열었다. 방은 창으로 들어온 햇살로 가득하다. 그리고 아무도 없는 것처럼 조용하다. 나리아는 방으로 들어가 문을 닫았다. 웅크리고 앉은 할아버지가 보였다. 할아버지는 두꺼운 책을 들여다보는 중이다. 나리아가 다가가는데도 할아버지는 기척을 느끼지 못한 듯했다. 나리아는 할아버지 뒤에 서서 펼쳐진 책을 내려다봤다. 할아버지 손이 어떤 여자아이의 그림을 반쯤 덮고 있다. 빼곡히 적힌 글은 나리아가 읽을 수 없는 글자들이다. 나리아는 헛기침을 했다.

"뭘 보고 계세요?"

할아버지는 잠에서 깬듯 놀라는 시늉을 했다.

"어, 언제 왔냐?"

"방금이요."

"어, 그래."

할아버지는 책을 덮으며 자리에서 일어났다. 나리아는 책에서 눈을 떼지 않은 채 물었다.

"무슨 책이에요?"

할아버지는 책을 다른 책 아래 서둘러 묻으며 말했다.

"별거 아니란다. 이것저것 보다 보니 그저 손에 들어와서……."

나리아는 할아버지가 이상하다고 생각했다. 할아버지는 창밖을 보며 말했다.

"이런, 이런. 벌써 시간이 이렇게 되었구나. 같이 밥이나 먹자."

얼떨결에 방에서 밀려 나온 나리아는 어리둥절하다. 나리아는 걱정스러운 얼굴로 물었다.

"방법을 찾지 못하신 거예요?"

할아버지가 안경을 고쳐 쓰며 대답했다.

"쉽지는 않구나. 하지만 곧 찾아낼 게다."

그때 미오가 집으로 들이닥쳤다. 손에는 종이로 만든 꽃다발을 들고 있다. 나리아는 달려오는 미오를 품에 안았다. 꿈속에서 죽은 미오가 다시 살아난 것 같아 반갑고 고맙다. 나리아는 미오의 볼에 자신의 볼을 비볐다. 그러자 미오가 꽃다발을 내보였다.

"언니, 이것 봐라. 멋지지?"

나리아는 꽃다발을 받았다. 그건 하늘에서 떨어진 종이로 만든 거다. 나리아의 목소리가 떨렸다.

"이건?"

미오가 맑은 목소리로 재잘댄다.

"응. 종이로 만든 거야. 어떤 애들은 바쿠도 만들었어."

"이걸로?"

미오가 고개를 끄덕인다.

"새를 만든 애도 있어. 어른들이 이걸 나무에 매달았는데, 진짜 멋져."

"나무에 종이를 달았다고?"

"응, 그래서 바람이 불 때마다 종이가 이렇게, 이렇게 흔들려."

미오는 팔을 들어 흔들었다. 나리아는 꽃다발을 미오에게 건넸다. 그리고 할아버지를 보며 말했다.

"마을에 다녀올게요."

할아버지는 말없이 고개를 끄덕였다.

미오가 냉큼 나리아에게 매달렸다.

"나도 갈래."

나리아는 미오의 작은 손을 잡고 언덕을 내려갔다. 나무가 가까울수록 거기 매달린 종이의 모습도 또렷하다. 미오의 말대로 수많은 종이 띠가 나무에 매달린 채 바람에 흔들렸다. 나리아는 심장이 멎는 기분이다. 만약 거기 적힌 글씨의 내용을 몰랐다면, 종이 띠가 어디서 왔는지 몰랐다면, 그 때문에 앞으로 어떤 일이 벌어질지 몰랐다면, 그랬다면 나리아도 마냥 기뻐할 만큼 나무는 근사하고 아름답다. 하지만 지금 나리아의 마음은 바위보다 무겁다. 나무 아래 모인 사람들이 표정은 행복해 보인다. 나리아는 종이를 가리키며 즐거워하는 사람들의 모습을 말없이 바라봤다. 그중에 아칸도 있다. 아칸의 어깨에는 사내아이가 올라타 있다. 아칸이 나리아에게 알은체를 했다.

"멋지지?"

나리아는 우물쭈물 대답했다.

"저게 나쁜 걸 수도 있잖아요."

아칸이 웃으며 말했다.

"하늘에서 온 것 중에 악한 것은 없단다."

나리아는 아무도 모르게 한숨을 내쉬었다.

'누구도 이 평화를 깨뜨려선 안 돼.'

나리아는 어떤 희생을 치르더라도 바론을 막아 내고 싶다. 나리아에게 그건 너무나 당연한 일처럼 여겨진다. 이곳이 위험에 빠진 건 다른 누구도 아닌 자신 때문이다.

집으로 돌아오는 발걸음이 더뎠다. 만약 미오가 곁에 없었다면 나리아는 언덕을 오르다 주저앉았을지도 모른다. 미오의 몸을 둘러싼 에너지는 따뜻한 주황빛을 띠고 있다. 그걸 바라보는 것만으로도 나리아는 용기가 난다. 나리아의 손을 붙잡은 미오는 콧노래를 불렀다. 그 흥얼거림에 맞춰 몸도 흔든다. 미오는 기분이 아주 좋다. 마을에 갔다가 친척 아주머니에게 할아버지 집에서 자도 된다는 허락을 받았기 때문이다. 미오가 작은 입으로 종알거렸다.

"오늘은 언니랑 자고 싶어. 그래도 돼?"

나리아는 미소를 띠며 말했다.

"되고 말고."

미오의 입이 함박만 하게 벌어졌다.

"와, 신난다. 오빠한테 자랑해야지."

나리아는 아무런 걱정 없는 미오가 좋다. 그리고 미오의 걱정 없는 날들을 지켜주고 싶다. 미오를 구하던 날 마오에게서 느껴진 단단함은 이런 마음에서 비롯된 거지 싶다. 나리아는 누군가를 지켜줄 수 있는 단단한 사람이 되고 싶다. 바론에서는 느낄 수 없었던 관계의 끈이 자신을 단단하게 만들고 있다는 생각이다. 나리아는 미오를 잡은 손에 힘을 줬다.

집으로 돌아오니 할아버지가 반가운 소식을 전했다.

"마오의 수련이 진척을 보였단다."

마오의 얼굴은 붉게 상기되어 있다. 나리아는 마오의 손을 잡았다.

"잘됐다. 축하해."

마오의 손은 온통 흙투성이다. 그러고 보니 옷과 신발도 마찬가지다. 흙 범벅이 된 마오의 발치에는 묵직한 자루도 놓여 있다. 마오가 나리아의 눈치를 살피며 자루를 옆으로 치웠다.

"별거 아니야."

나리아는 마오의 수련이 궁금하다. 하지만 나리아가 채 묻기도 전에 미오가 주위를 폴짝폴짝 돌며 "축하해, 축하해" 하고 노래를 불렀다. 그렇게 코레의 하루가 저물었다.

예언서

마오의 의지는 대단했다. 마오는 새벽같이 일어나 고리의 방에서 수련을 했다. 그리고 낮 동안은 유물터에 머문다. 집으로 돌아오는 시간도 점점 늦었는데, 어김없이 흙투성이가 되어 자루를 짊어지고 왔다.

아침에 나리아가 2층에서 내려오니 할아버지와 마오는 벌써 나갈 채비를 마친 상태다. 할아버지가 말했다.

"마오와 숲에 다녀올 생각이다. 그게 마오의 수련에 도움이 될 것 같구나."

나리아가 물었다.

"마오의 6번째 감각은 어떤 거예요?"

할아버지는 이렇게만 말했다.

"다녀와서 말해 주마."

마오의 얼굴은 자신감으로 가득하다. 나리아가 말했다.

"엄청 대단한 건가 봐?"

마오는 대답 대신 씩 웃었다.

집을 나가기 전 마오가 나리아를 돌아봤다. 그리고 앞서가는 할아버지 눈치를 보며 소곤댔다.

"할아버지가 잘 될수록 마음을 차분히 하라셔서, 그러려고 노력하는 중이야. 꼭 성공해서 올게. 이게 너를 도울 수 있으면 좋겠어."

마오는 얼굴을 붉히며 돌아섰다. 그리고 손을 한 번 흔들어 주고 할아버지를 따라잡기 위해 뛰어갔다. 나리아는 현관 앞에 서서 두 사람의 모습을 바라봤다. 모두들 최선을 다하고 있다. 자신도 뭔가를 해야 한다. 모두에게 짐을 떠넘긴 채 가만히 있을 수는 없다. 그때 고리의 방에서 할아버지가 보던 책이 생각났다. 나리아는 2층으로 올라가 미오를 깨웠다. 잠에서 깬 미오가 중얼거렸다.

"밥 먹을 거야?"

나리아는 미오를 안아 올렸다.

"그 전에 할 일이 있어."

미오가 눈을 비비며 물었다.

"할 일?"

나리아는 미오의 머리칼을 쓸어 넘겼다.

"응. 정말 중요한 일이야."

"뭔데?"

"글씨 읽을 줄 알지?"

미오가 고개를 끄덕였다.

"언니한테 책 좀 읽어 줘. 언니는 아직 글씨를 못 읽거든. 해 줄 거지?"

미오는 나리아의 품에서 내려와 바닥에 섰다. 그리고 자신 만만한 목소리로 말했다.

"응. 읽어 줄게."

나리아는 미오를 데리고 고리의 방으로 갔다. 방은 책으로 어질러져 있다. 책장에 꽂혀 있던 책 절반이 바닥에 있다. 책들은 펼쳐진 상태로 아무렇게나 쌓여 있다. 미오가 감탄하는 소리로 말했다.

"우와, 누가 이렇게 어질렀어?"

미오는 깨끔 발로 책이 없는 바닥을 골라 밟았는데, 재미난 놀이라도 하는 듯 신난 표정이다. 나리아는 할아버지가 보던 책을 찾아 헤맸다. 얼핏 본 기억으로는 표지에 황금색 글씨가 적혀 있었다. 나리아는 한참만에야 그 책을 찾았다. 책은 책상 아래 쌓아 둔 책 중에서도 맨 밑에 깔려 있었다. 나리아는 자리를 잡고 앉아 책을 펼쳤다. 그리고 책장을 넘겨 할아버지가 보던 곳을 찾았다.

그 장면은 거의 마지막 부분이다. 나리아는 고개를 들었다. 미오가 흥얼거리며 책 사이를 폴짝폴짝 뛰어다니고 있다. 나리아는 미오를 불렀다.

"미오야, 이리 와."

미오가 고개를 끄덕이고 책 사이를 건너왔다. 나리아는 미오가 책을 잘 볼 수 있도록 자리를 마련했다.

"여기 적힌 걸 읽어 주면 돼."

미오는 목청을 가다듬더니 글자를 손가락으로 짚어 가며 읽었다.

"세상에, 암흑이, 오는, 때를, 살펴라, 그, 처음은, 자연에서, 나중은, 인간에게서, 드러난다, 그, 때가, 되면, 인간은, 자연의, 힘을, 잃고."

더듬더듬 읽는 미오의 목소리는 한참 이어졌다. 거기 적힌 내용은 세상의 종말에 관한 거다. 그 시기에 대한 징조들이 한참이나 설명되는데, 미오가 한 줄 한 줄 읽을 때마다 나리아의 불안은 커졌다. 거기 적힌 때가 지금인 것만 같아서다. 나리아는 자신이 헛된 망상을 하고 있기를 바라며 미오의 목소리에 귀 기울였다. 이제 미오는 거의 마지막 부분을 읽어 내려갔다.

"소녀가, 거대한, 불덩이를, 안는, 순간, 세상은, 종말을, 맞이할, 것이다."

미오가 고개를 들고 물었다.

"언니, 종말이 뭐야?"

나리아는 입술을 깨물었다. 설명해 줄 말이 떠오르지 않는다. 나리아는 어색하게 웃으며 말했다.

"글세……."

미오는 어깨를 으쓱이더니 글자들을 마저 읽었다.

"이것이, 바로, 끝이다."

미오가 고개를 들었다.

"이거 재미없다. 그렇지?"

나리아가 책을 내려다보며 말했다.

"다 읽은 거야?"

"응. 다 읽었어."

나리아는 고개를 들어 창밖을 내다봤다. 창으로 들어온 아침 햇살이 맞은편 책장을 노랗게 물들이고 있다. 나리아는 미오가 읽어준 내용들을 머릿속으로 곱씹어 봤다. 그중에서도 암흑과 종말과 끝이라는 말이 반복해서 떠오른다. 나리아는 감당할 수 없는 진실을 마주한 기분이다. 그때 미오가 말했다.

"이 사람 언니 닮았다."

미오는 손가락으로 책에 그려진 소녀를 가리켰다. 거기 그려진 소녀는 거대한 불덩이를 마주하고 있다. 그 순간 까닭 모를 전율이 나리아의 몸을 훑었다. 나리아는 서둘러 책장을 덮었다. 그때 책표지에 적힌 황금색 글자가 보였다. 나리아는 글자를 가리키며 물었다.

"미오야, 이 글자는 뭐니?"

미오가 말했다.

"예, 언, 서."

나리아는 머리가 멍하다. 예언서라면 앞으로 다가올 일들을 의미한다. 나리아는 마지막 장을 다시 펼쳤다. 자세히 보니 소녀는 두 팔을 벌려 불덩이를 안으려는 모습을 하고 있다. 나리아는 나지막이 중얼거렸다.

"어쩌면……."

그사이 미오가 연필과 종이를 가져왔다. 그리고 나리아 옆에 앉으며 말했다.

"내가 언니 이름 알려줄까?"

마오는 나리아의 대답을 기다리지 않고 천천히 글씨를 썼다. 잠시 뒤, 종이 위에 꾸불꾸불한 글자가 완성됐다.

"이게 언니 이름이야."

나리아는 거기 적힌 글자를 오랫동안 바라봤다. 잠시 뒤, 미오가 시무룩한 얼굴로 말했다.

"나 배고파."

나리아는 이름이 적힌 종이를 주머니에 넣고 미오를 번쩍 안았다.

"이제 맛있는 거 먹자."

미오가 나리아의 목에 팔을 두르며 재촉했다. 나리아는 미오와 아침을 먹고 약초를 갈무리하고, 집 안을 청소하고, 집 근처를 산책했다. 그러는 동안에도 예언서의 내용은 머릿속에서 떠나지 않았다. 나리아는 미오가 재잘대는 얘기를 거의 알아듣지도 못했다. 반사적으로 대답을 해 주었지만 무슨 얘기에 답을 하는지도 몰랐다. 마치 머리와 몸이 분리된 기분이다.

할아버지와 마오가 돌아온 건 해가 서쪽으로 한참이나 기운 오후다. 집으로 돌아온 두 사람의 얼굴은 밝다. 미오가 마오에게 쪼르르 달려가 안겼다. 할아버지가 뿌듯한 얼굴로 말했다.

"마오의 감각이 완전히 깨어났단다."

나리아의 굳었던 얼굴이 펴졌다.

"축하해 마오."

마오가 쑥스러운 얼굴로 머리를 긁적였다.

"네 것에 비하면 별거 아니야."

할아버지가 나무랐다.

"별거 아니라니. 사람마다 타고난 능력이 다를 뿐, 좋고 나쁜 건 없다."

마오는 입을 꾹 다물고 고개를 끄덕인다. 나리아가 물었다.

"어떤 능력이에요?"

그러자 미오도 보챘다.

"오빠 보여 줘, 보여 줘."

할아버지가 말했다.

"마오야, 직접 보여 주렴."

나리아와 미오의 얼굴엔 호기심이 가득하다. 마오가 말했다.

"그럼…… 밖으로 나가자."

할아버지가 말없이 고개를 끄덕이자 셋은 밖으로 나갔다. 마오는 넓은 풀밭에 자리를 잡으며 말했다.

"너희는 내 뒤에 있어."

마오는 신고 있던 장화를 벗어 풀밭에 내려놨다. 나리아와 미오는 가만히 그 모습을 지켜봤다. 마오가 긴장한 얼굴로 말했다.

"이걸 잘 보고 있어."

나리아와 미오는 장화를 뚫어지게 봤다. 잠시 뒤, 장화가 풀밭을 가로지르며 순식간에 날아갔다.

"우와."

나리아와 미오가 동시에 소리쳤다. 나리아는 목을 빼고 풀밭 저편에 놓인 장화를 보았다. 나리아가 말했다.

"대단하다."

미오는 흥분한 목소리로 외쳤다.

"다시 오게 해 봐."

마오가 말했다.

"거기까진 아직이야. 지금은 보내는 것만 할 수 있어."

나리아가 마오를 보며 말했다.

"그래도 정말 대단해. 이게 어떤 능력이야?"

마오가 대답했다.

"할아버지 말로는 물건을 원하는 곳으로 보내는 감각이라고 하셨어."

마오는 장화를 날려 보내는 걸 몇 번이고 되풀이해서 보여 줬다. 장화를 주워 오는 일은 미오 몫이다. 미오는 그 일을 맡게 된 것이 기쁜지 마오에게 계속해서 하라고 졸랐다. 나리아는 집 안에 있는 할아버지가 떠올랐다. 나리아는 미오가 장화를 주우러 간 틈을 타서 말했다.

"나는 그만 할아버지를 뵈러 갈게. 할아버지한테 물어볼 게 있거든."

마오는 신경 쓰지 말라는 듯 말했다.

"그래, 그렇게 해. 미오가 장화 줍는 걸 귀찮아하면 그때 들어갈게."

나리아는 마오와 미오의 웃음소리를 뒤로 하고 집으로 들어왔다. 할아버지는 고리의 방에서 피곤한 기색을 숨기며 나리아를 맞았다.

"그래, 마오가 제대로 보여 주던?"

"네. 대단했어요."

할아버지는 말없이 고개를 끄덕였다. 나리아가 말했다.

"그 책을 봤어요. 예언서요."

할아버지가 고개를 들었다.

"미오에게 읽어 달라고 했어요."

할아버지가 체념한 듯 말했다.

"그랬구나. 나도 방금까지 그 책을 다시 봤단다. 나이를 먹으니 기억이 예전만 못하구나. 분명히 봤던 책인데, 이제야 생각나다니 말이다."

"거기 적힌 내용들이 사실인가요?"

할아버지가 등받이에 몸을 기대며 말했다.

"글쎄다. 그중엔 실제로 일어난 일도 있단다. 하지만 거기 적힌 일들이 전부 일어났는지는 나도 알 수 없구나."

"마지막에 적혀 있던 일은요? 그건 일어난 일이에요? 아니면…… 일어날 일이에요?"

할아버지가 자리에서 일어나 창가로 갔다.

"나리아, 너한테 숨길 생각은 없다. 만약 내 생각이 궁금하다면 말해 줄 수는 있단다. 듣고 싶니?"

나리아는 주먹 쥐며 말했다.

"말해 주세요."

할아버지는 길게 한숨을 내쉬고 말했다.

"예언서의 마지막은 세상의 끝에 대한 얘기다. 그게 일어날 일이라면, 무슨 일이 있어도 일어날 거다. 그리고 나는 그 일이 지금 일어날 거라고 생각하고 있단다. 너와, 네가 있던 곳과, 그곳에서 벌어지는 일들을 몰랐다면 예전처럼 거기 적힌 내용을 가볍게 읽었겠지. 하지만 네 말대로 그 무기란 것이 이곳에 떨어질 테고, 나한테는 그걸 막을 수 있는 방법이 없구나."

나리아가 목소리를 높였다.

"방법을 못 찾은 걸 수도 있어요."

할아버지가 고개를 저었다.

"나리아, 이게 정말로 정해진 일이라면, 우리가 무엇을 하든 소용없는 일이 될 거다."

"그럼, 여긴 어떡해요? 마을은요? 사람들은요? 마오와 미오는요? 아이들은 어떡해요?"

방안에 침묵이 돌았다. 한참 만에 나리아가 말했다.

"만약 제가 바론으로 돌아가면요? 그럼 여긴 안전할 거예요. 그렇죠?"

"아니, 그렇지 않을 거다. 네가 바론으로 돌아가면 그 무기도 너를 따라 바론으로 가겠지. 그럼 바론이 파괴될 거다. 하지만 바론이 파괴된다면, 코레도 무사할 수 없다. 바론과 코레는 끝과 시작이 맞물려 있는 세계다. 과거와 미래는 하나의 고리로 묶여 있는 세계란 뜻이다. 어느 한 곳이 파괴되면 그 다음도 있을 수 없게 되지. 과거가 없는 미래는 존재할 수 없는 거다. 그러니 네가 이곳에 있든, 그곳으로 돌아가든 결과는 바뀌지 않을 거다. 얘야, 내가 너한테 진짜 해 주고 싶은 말은 이런 말들이 아니란다. 이 모든 일은 정해져 있는 거고, 네게는 아무 잘못도 없다는 거야. 그러니 이 일로 너 자신을 괴롭히는 일을 해서는 안 된다."

나리아가 중얼거렸다.

"하지만……."

할아버지가 나리아를 물끄러미 바라봤다. 이윽고 나리아가 말했다.

"할아버지 생각이 틀렸을 수도 있어요. 예언서가 틀렸을 수도 있고요."

할아버지가 무슨 소리냐는 표정을 지었다. 나리아는 방에 걸린 양탄자를 가리키며 말했다.

"끝은 곧 시작이다."

할아버지도 양탄자를 바라봤다.

"그러니까, 그 이야기는 끝이 아닐 수도 있잖아요."

할아버지 눈이 반짝였다. 그때 문밖에서 마오와 미오의 목소리가 들렸다. 할아버지가 문 쪽으로 가며 말했다.

"애들이 왔구나. 오늘은 그만하자."

나리아는 할아버지가 문을 나갈 때까지 꼼짝하지 않았다. 나리아는 혼자 남은 방에서 양탄자를 바라봤다. 커다란 원이 꿈틀거리는 느낌이 든다. 나리아는 그 느낌을 놓치지 않기 위해 둥근 원을 보고 또 보았다.

선택

그날 밤, 나리아는 생각에 잠겼다.

둥근 고리가 끊어지지 않을 방법에 대해, 시간이 계속 이어지게 할 수 있는 방법에 대해 생각하고 또 생각했다. 나리아는 둥근 원의 꿈틀거리는 생명력을 떠올렸다. 그리고 거기 적힌 말을 반복해서 중얼거렸다.

"끝은 곧 시작이다. 끝은 곧 시작이다."

나리아는 눈을 감았다. 어떻게 하면 끝이, 끝이 아니라 시작이 될 수 있을지에 대해 생각했다. 할아버지 말대로 알파스피어가 이곳으로 오면 코레가 파괴될 거다. 나리아는 예언서에 그려진 소녀 그림을 떠올렸다. 불덩이를 껴안는 모습. 소녀는 불덩이를 맞이하려는 듯 두 팔을 벌리고 있다. 나리아는 자신을 향해 다가오는 알파스피어가 바로 그 불덩이라고 생각했다. 그리고 거기 그려진 소녀는 바로 자신이다. 나리아는 감았던 눈을 떴다.

"여기선 안 돼."

여기선 바꿀 수 있는 게 아무것도 없다. 이곳으로 오게 될 알파스피어를 막을 수도 없고, 그로 인해 이곳이 파괴되는 일을 막을 수도 없다. 나리아는 자신이 바론으로 돌아가야 한다고 생각했다. 하지만 코레의 과거인 바론시가 파괴되는 일도 일어나서는 안 된다. 바론시가 파괴되면 코레도 파괴될 거라는 이유 때문만은 아니다. 바론시 역시 수많은 사람들이 살아가는 곳이다. 그 사람들의 목숨도 이곳 사람들의 목숨만큼이나 소중하다. 나리아는 수리치의 얼굴을 떠올렸다. 갇히는 순간에도 수리치는 나리아를 걱정했다. 수리치를 떠올리면 마음이 아프다. 나리아는 누구도 함부로 죽게 내버려 둬서는 안 된다고 생각했다.

"도시가 파괴되면 안 되는데……."

그 순간 타리타움의 수업 내용이 떠올랐다. 그건 도시에 위급 상황이 발생될 경우 세워진 원칙에 관한 거다. 모든 시민들은 그 원칙에 따라 행동해야 한다. 그리고 단 하나의 중요한 원칙이 우선시 된다는 사실을 숙지해 왔다. 나리아는 가슴이 두근거렸다.

"그렇게만 되면……."

나리아는 이제야 자신이 이곳에 온 이유를 알 것 같았다.

'씨앗은 떨어질 곳에 떨어진다.'

자신이 이곳에 온 이유는 고리의 끈이 끊어지는 걸 막기 위해서다.

이튿날 아침, 나리아는 할아버지를 찾았다. 할아버지는 나리아가 온실 문을 열고 들어오는 걸 가만히 지켜봤다.

"이렇게 일찍 어쩐 일이냐?"

나리아가 말했다.

"저를 바론으로 보내 주세요. 저와 종이 띠가 이곳으로 오게 된 틈을 통해 돌아갈게요. 할아버지가 도와주시면 그렇게 할 수 있어요. 마오의 힘도 도움이 될 것 같고요."

할아버지는 살펴보던 나무에 눈길을 주며 말했다.

"그 얘기라면 이미 말했잖니."

나리아는 고집을 꺾지 않았다.

"제가 바론으로 가면, 어느 곳도 파괴되지 않을 수 있어요."

할아버지가 나리아를 바라봤다.

"어떻게 그럴 수 있다는 거냐?"

나리아는 어젯밤에 떠올린 생각들을 얘기했다. 바론시가 위기에 대처하는 원칙들을 중심으로. 이야기를 듣는 동안 할아버지 눈이 커졌다. 하지만 나리아가 이야기를 끝내자 할아버지 얼굴이 어두워졌다. 할아버지가 천천히 입을 열었다.

"만약 그랬다간……."

나리아는 할아버지 말을 가로챘다.

"제가 죽을 거예요."

그때 등 뒤에서 마오의 목소리가 들렸다.

"죽다니? 그게 무슨 소리야?"

언제부터 마오가 온실에 있었는지는 알 수 없다. 비행 가방까지 메고 있는 걸 보니 유물터에 가기 전에 인사를 하려던 모양이다. 나리아는 놀랐지만 차분한 목소리로 말했다. 어차피 마오도 알아야 할 일이다.

"내가 바론으로 돌아가야 해. 그래야 모두가 안전할 수 있어."

마오가 목소리를 높였다.

"하지만 방금 네가 죽는다고 했잖아."

나리아는 망설임 끝에 대답했다.

"어쩔 수 없는 일이야."

마오는 화난 얼굴로 온실을 뛰쳐나갔다. 할아버지가 마오를 불렀지만 소용없다. 나리아는 마오를 따라갔다. 마오는 마을로 가는 중이다. 나리아는 뛰어가서 마오를 잡았다. 마오의 얼굴이 붉으락 푸르락하다. 나리아가 숨을 몰아쉬며 말했다.

"내 얘기 좀 들어 봐."

나리아는 뿌리치는 마오를 풀밭에 주저앉혔다. 그리고 옆에 앉아 고리의 방에서 본 예언서와 할아버지가 한 얘기들, 자신이 내린 결정들에 대해 들려줬다. 마오는 간간히 한숨을 쉬었지만 이야기를 끝까지 들었다. 지금 나리아가 느끼고 있는 마음을 마오도 충분히 공감하는 눈치다. 나리아는 자신이 감당해야 할 무게를 할아버지나 마오에게 나눠야 하는 것이 미안하다. 하지만 두 사람의 이해와 도움 없인 아무것도 할 수 없다. 이야기를 마친 나리아가 말했다.

"네가 도와줘야 해."

마오는 하늘을 올려다봤다. 자리에서 일어난 마오가 말했다.

"알았어. 하지만 널 죽게 내버려 두지는 않을 거야."

마오는 나리아와 눈을 마주치지 않은 채 비탈을 달려갔다. 나리아는 앉은 채로 마오를 바라봤다. 잠시 뒤, 가방에서 날개가 펼쳐지고 마오가 하늘로 날아올랐다. 나리아는 멀어지는 마오의 모습을 잠자코 지켜봤다. 잠시 뒤, 할아버지가 다가오는 기척이 났다. 나리아는 자리에서 일어났다. 할아버지는 나리아 옆에 섰다.

"네 말이 맞다. 끝은 또 다른 시작일 테니 말이다."

할아버지가 나리아의 어깨에 손을 얹었다. 나리아는 저도 모르게 할아버지에게 기댔다. 할아버지의 여윈 어깨에 닿는 순간 나리아는 울컥했다. 할아버지는 말없이 나리아의 어깨를 감쌌다. 나리아는 지금껏 할아버지가 자신에게 얼마나 큰 버팀목이 되었는지 알 수 있었다. 할아버지뿐만 아니라 이곳의 사람과들과 모든 것이 소중했다. 마오가 미오를 지키는 것처럼, 마을 사람들이 서로를 지키는 것처럼, 나리아도 이제 자신에게 소중한 것을 지키고 싶었다. 나리아는 고개를 들었다.

"마을에 다녀올게요. 미오도 보고, 마을 사람들도 보고 싶어요."

할아버지가 고개를 끄덕였다.

아침을 시작하는 마을은 활기가 넘친다.

나리아는 미오가 머물고 있는 아주머니 댁을 찾았다. 사람들은 갑작스런 나리아의 방문을 뜻밖의 잔치쯤으로 생각하는 분위기다. 창고에 저장해 둔 음식이 차려지고, 특별한 손님을 대접할 때만 쓴다는 그릇이 줄줄이 모습을 드러냈다. 하지만 나리아를 가장 반겨 준 건 미오다. 미오는 나리아 옆에 찰싹 달라붙어 나리아와 함께 손님 대접을 받았다. 그것도 아주 당당한 얼굴로. 나리아는 사람들의 얼굴과 웃음소리를 가슴 깊이 새겼다. 다시 볼 수 없다는 생각 때문인지 마음이 더 애틋하다. 아주머니가 말했다.

"나리아, 네가 온 뒤로 좋은 일만 생기는구나. 늘 삐딱하기만 하던 마오도 마음을 잡고, 미오도 이렇게 밝게 웃으니 말이다. 마을 사람들도 그렇게 생각한단다. 네가 오고부터 불안했던 감각들이 조금씩 정상을 되찾는 것 같다고 말이야."

나리아는 어찌할 바를 몰라 찻잔을 입에 가져갔다. 아주머니가 나리아의 손을 잡으며 말했다.

"우리랑 여기서 오래오래 살자꾸나."

그때 미오가 나리아의 손을 잡아끌었다.

"언니, 밖에 나가서 놀자."

미오의 주위로 아이들이 빙 둘러서서 나리아를 쳐다봤다. 나리아는 자리에서 일어났다.

"그래."

나리아는 아이들에게 둘러싸여 밖으로 나갔다. 아이들은 바쿠 몇 마리를 끌고 왔다. 저보다 덩치가 큰 짐승을 아이들은 아무렇지 않게 다뤘다. 바쿠와 아이들은 함께 노는 친구 같다.

나리아는 미오와 함께 바쿠의 등에 올랐다. 다른 아이들도 서너 명씩 바쿠에 올라탔다. 나리아는 이제 바쿠가 무섭지 않다. 바쿠는 나리아가 지키고 싶은 소중한 것 중 하나다. 나리아는 바쿠의 커다란 눈이 자신에게 위로와 용기를 주는 것 같다. 다 알고 있다고, 힘내라고 말이다. 바쿠가 말을 할 줄 안다면 그런 얘기를 들려줄지도 모른다. 나리아는 바쿠를 탄 채 마을을 둘러봤다. 멀리 보이는 나무에는 여전히 종이가 매달려 있다. 나리아는 아칸이 들려준 말을 떠올렸다.

'하늘에서 온 것 중에 악한 건 없는 법이다.'

그랬다. 수리치가 보내 준 종이는 나쁜 것이 아니다. 그건 오히려 나리아를 일깨워 준 고마운 신호다. 만약 종이 띠가 오지 않았다면 나리아는 자신이 뭘 해야 할지도 모른 채, 세상이 사라지는 걸 지켜보았을 거다. 나리아는 속으로 수리치가 안전하기를 빌었다.

'내가 갈 때까지만 무사해 줘.'

아이들은 언덕을 오르는 구릉지로 바쿠를 몰았다. 바닥에 내려선 아이들은 풀밭에서 뒹굴며 잡기 놀이를 했다. 나리아도 아이들과 어울려 쫓고 쫓기며 뛰어다녔다. 아이들의 웃음소리는 새소리만큼이나 높고 맑다.

나리아는 바쿠 옆에 서서 파란 하늘을 올려다봤다. 그렇게 하늘을 보며 자연을 생각했다. 사람도, 동물도, 식물도 자연이라는 커다란 원 안에서 살아갔다. 모두가 둥근 고리처럼 맞물린 존재들이다. 그중 하나라도 없다면 자연은 빛을 잃고 생명력을 잃는다. 모든 생명은 자연이라는 그릇 안에서 태어나고 스러지고, 다시 태어나는 순환에 묶여 있다. 하늘에서 내린 비가 대지를 적시고, 비에 젖은 대지는 생명을 키우고, 그 생명들이 뿜어내는 숨결은 다시 하늘로 돌아간다. 이곳 코레는 순환의 고리를 갖고 있다. 하지만 바론은 그렇지 못하다. 바론시에 사는 사람들은 죽음을 부정한다. 죽음을 부정하면 탄생에 대한 의미도 가질 수 없다. 의미를 부여할 수 없는 탄생은 사람들로 하여금 감정을 나눌 기회를 박탈

했다. 감정을 억누르게 했다. 바론은 거기서부터 달라져야 할지도 모른다. 사람들이 사랑하는 마음을 나누고, 탄생을 함께 기뻐하는 일부터 말이다. 어쩌면 공증식에서 먹은 푸른 액체는 사랑을 가능하게 하는 약인지도 모른다. 자신이 수리치를 좋아한 것이나, 수리치가 자신에게 좋아한다는 말을 했던 것도 감정이 깨어난 탓이다. 그러고 보면 바론의 모든 것이 나쁘기만 한 것도 아니다. 어떤 일이든 거기엔 좋은 것과 나쁜 것이 공존한다. 바론이 자신을 죽이려 하지 않았다면 코레로 오는 일은 없었다. 코레에 오지 않았다면 이곳에서 보고 겪은 일들을 알지 못했을 거다. 인간이 자연의 일부임을, 그래서 순환의 고리에 묶여 있음을 결코 알지 못했으리라. 바론과 코레 역시 순환의 고리에 묶인 세계다. 옳고 그른 것은 없다. 다만 사라지고 생겨나는 것이 있을 뿐이다. 나리아는 순환의 고리가 끊어지지 않도록 해야 한다. 그게 자신을 죽게 할 운명이라도 좋다. 어차피 모든 건 사라진다. 그래야 새로운 것이 생겨날 수 있다. 바쿠가 콧등으로 나리아의 등을 툭 쳤다. 나리아는 손으로 바쿠의 콧등을 쓰다듬었다. 더운 김을 내뿜는 바쿠의 숨결이 다정하다.

나리아가 집으로 돌아온 건 해질 무렵이다. 미오를 아주머니 댁에 바래다주는 동안 나리아는 미오를 안아 주었다. 팔이 뻐근하고 아팠지만 안고 있는 미오를 놓고 싶지 않았다. 그건 나리아가 미오에게 해 줄 수 있는 작별 인사다.

집 안은 조용하다. 할아버지는 고리의 방에서 책 속에 묻혀 있고, 마오는 작업실에서 들어 앉아 꼼짝도 하지 않았다. 할아버지는 책에서 눈을 떼지 않은 채 말했다.

"너를 보낼 방법을 구상 중이다."

그 말이 모든 걸 설명했다. 나리아는 할아버지를 방해하지 않기 위해 일찌감치 2층으로 올라왔다. 그리고 열린 창문을 보고 섰다. 마지막일지도 모르는 마을의 모습을 머릿속에 담아 두고 싶었다.

집집마다 하나둘 불이 켜졌다. 나리아는 모든 집에 불이 들어올 때까지 지켜봤다. 또다시 바론의 점등식이 떠올랐다. 바론의 점등식이 인위적이라면 마을에 들어오는 불은 자연스럽고 정감이 있다. 나리아는 벌써부터 이곳이 그리워지는 기분이다.

나리아의 눈길이 온실 옆에 붙은 마오의 작업실로 향했다. 마오의 작업실에도 불이 환하다. 마오가 무얼 하는지는 알 수 없다. 다만 한 가지는 분명하다. 지금 마오는 혼자 있고 싶어 했다. 나리아는 마오의 기분을 충분히 이해했다. 지금은 나리아도 혼자 마음을 정리할 시간이다. 누구에게나 혼자만의 시간이 필요하다. 홀로 선 나무 같은 시간이.

바론은 돌아가고 싶은 곳이 아니다. 하지만, 그곳은 결국 나리아가 속했던 곳이다. 그리고 세상의 종말을 막을 수 있는 희망도 거기에 있다. 나리아는 창문을 닫았다. 그때 얼핏 유리창으로 바론의 방이 보였다. 그리고 바론의 지시로 알파스피어의 버튼을 누르는 가리온도 보였다. 통시안은 아니다. 나리아는 눈을 뜨고 꿈을 꾼 기분이다.

운명의 날

드디어, 그날이다.

할아버지는 나리아가 통시안을 통하지 않고 보게 된 바론의 모습이 일어날 일에 대한 암시라고 했다. 통시안을 보는 사람 중에는 그런 식으로 미래를 보기도 한다고 말이다.

나리아는 알 수 없는 물건들이 마오의 창고에서 고리의 방으로 옮겨지는 걸 말없이 지켜봤다. 말수가 적어진 마오는 일에만 열중했다. 나리아는 할아버지와 마오가 언제 일어나고 언제 잠드는지조차 알 수 없다. 두 사람은 언제나 나리아보다 먼저 깨어 있고, 나리아가 잠들 때까지 고리의 방과 창고에서 시간을 보냈다. 할아버지가 말했다.

"너는 마지막 순간을 위해 힘을 아껴야 한다. 네 자신에게 집중하는 시간이 많을수록 우리가 성공할 가능도 높아질 거다."

나리아는 할아버지가 시키는 대로 했다. 시간이 날 때마다 침대 바닥에 자리를 잡고 앉아 마음속에 파동 치는 에너지를 한곳에 모으는 연습을 했다.

해질 무렵 세 사람은 간단히 배를 채우고 고리의 방으로 갔다.

고리의 방에서 맨 처음 눈에 띈 건 중앙에 설치된 기구다. 사각형의 지지대가 바닥과 벽 천장에 세워지고, 각각의 모서리에서 뻗어 나온 막대들이 허공의 한 지점에 모여 문 쪽을 가리켰다. 마치 골격만 있는 피라미드 각뿔을 옆으로 뉘여 놓은 것 같은 형태다. 그 기구로 방은 정확히 앞과 뒤쪽으로 나뉘어져 있다. 방을 채우고 있던 책들은 한 권도 남아 있지 않다. 책상과, 책상 위에 있던 물건들도 어디론가 치워져 보이지 않는다. 방에 있던 것 중에 제자리를 지키고 있는 건 벽에 걸린 양탄자뿐이다. 할아버지가 기구를 가리키며 말했다.

"이게 나와 마오의 에너지를 모아 네게 전달할 거다. 내 예상이 맞는다면 차원의 문은 엄청난 힘이 발생할 때 열리게 되어 있다. 나와 마오는 너를 그 틈으로 들어가게 할 거다. 하지만 어디로 갈지는 네가 정해야 한다. 여기 앞쪽에 앉아 통시안으로 가야 할 곳을 지켜보면 된단다."

나리아는 방을 둘러보며 물었다.

"책들은 다 어디로 갔어요?"

마오가 대답했다.

"어젯밤에 창고로 옮겼어. 에너지가 모아질 때 책들이 움직이거나 날아가면 위험하니까."

두 사람이 애썼을 모습이 머릿속에 그려졌다. 나리아는 작은 소리로 말했다.

"모두에게 미안해요."

할아버지가 말했다.

"그런 소리 말거라. 이건 우리 모두를 위한 일이잖니. 우리 중 가장 힘든 사람은 나리아 너다. 네가 이런 결정을 내리게 된 게 마음 아프구나. 하지만 나는 너를 믿는다. 네 결정이 옳다는 것과, 네가 모든 걸 제자리에 돌려놓을 거라는 걸 말이다."

"제가 정말 할 수 있을까요?"

할아버지가 나리아의 손을 잡았다.

"6번째 힘에서 가장 중요한 것이 무엇이냐?"

나리아는 대답했다.

"믿음이요."

할아버지가 말했다.

"그래, 믿음. 나리아, 너를 믿거라."

나리아는 고개를 끄덕였다. 할아버지가 목걸이를 꺼내 나리아의 목에 걸었다. 나리아가 놀란 얼굴로 물었다.

"이건 마오에게 물려주셔야 하잖아요?"

할아버지가 마오를 돌아봤다. 마오는 이미 알고 있어다는 듯 잠자코 있다.

"나리아, 너는 우리보다 먼저 온 사람이다. 이 목걸이는 처음 주인에게 되돌아간 것뿐이다. 네가 무사히 바론으로 돌아간다면, 이 목걸이는 언제고 마오에게 전해질 거다. 나는 그러길 바란단다."

나리아는 메달을 내려다봤다. 그때 마오가 다가왔다. 마오는 비행 가방을 내밀었다.

"새로 만든 거야. 내 거보다 훨씬 좋아."

나리아는 망설였다.

"하지만, 나한테 이건 필요가……."

마오가 말을 막았다.

"필요할 거야. 받아."

나리아는 가방을 받았다. 나리아는 그게 마오가 주는 마지막 선물이라고 생각했다. 하지만 역시 새 비행 가방은 죽음을 앞둔 자신보다 마오에게 더 필요한 물건이라고 여겼다. 나리아의 마음을 알아챘는지 마오가 이렇게 말했다.

"넌 죽지 않을 거야. 내가 그렇게 두지 않을 거라고 했잖아."

나리아는 어색하게 웃었다. 자신을 걱정하는 마오의 마음이 느껴졌다. 마오는 나리아의 어깨에 배낭을 걸쳤다. 그리고 허리와 가슴에 채우는 띠를 단단히 고정시켰다. 제대로 된 걸 확인한 마오는 끝으로 손잡이가 달린 끈을 가리켰다.

"정말 위험한 순간이 오면, 이걸 잡아당겨. 잊지 마. 꼭 그렇게 해야 해."

나리아는 고개를 끄덕였다. 그게 정말 자신을 구할 거라는 생각은 하지 않았지만 마오의 마지막 부탁만큼은 들어주고 싶었다.

"고마워, 마오."

마오는 나리아를 살며시 안았다. 나리아는 할아버지를 바라봤다.

"고마워요, 할아버지."

할아버지도 마오처럼 나리아를 안아 줬다.

잠시 뒤, 할아버지는 나리아에게 앉을 자리를 알려줬다. 나리아의 자리는 각뿔의 모서리가 모아지는 곳 바로 앞이다. 할아버지가 말했다.

"나와 마오는 뒤쪽에 앉아 있을 거다. 너는 여기서 돌아갈 곳에 집중하면 된다. 여기 오게 된 걸 믿듯이 돌아갈 것도 믿거라. 네 안에는 그럴 힘이 있다는 걸 말이다."

나리아는 자리에 앉아 고개를 끄덕였다.

순서대로 보면 나리아가 맨 앞에 앉고, 기구 뒤편에 마오가, 마오 뒤에는 할아버지가 앉았다. 나리아는 벽에 걸린 양탄자의 둥근 원을 보며 정신을 집중했다. 마오와 할아버지도 자세를 바로 하며 정신을 집중했다. 결국 시간의 문을 넘어야 하는 건 나리아의 몫이다. 마오의 밀어내는 힘은 나리아의 힘을 증폭시키기 위한 거다. 할아버지는 맨 뒤에 앉아 마오와 나리아가 힘의 중심을 잃지 않도록 구심점 노릇을 하게 된다. 나리아는 정확한 순간에 차원의 문으로 들어가야 한다. 그래야 생각대로 일을 성공시킬 수 있다. 얼마쯤 지나자 나리아의 머릿속에 바론의 방이 나타났다. 흐릿하게 떠오른 모습은 시간이 지날수록 또렷하다. 나리아는 이제 그 방에서 나는 소리까지 들을 수 있다. 바론 옆에 선 가리온이 연구원들을 향해 소리쳤다.

"서둘러, 지시가 떨어지는 대로 발사할 수 있도록 만반의 준비를 하라고."

연구원들이 명령에 맞춰 분주하게 움직였다. 수리치의 모습은 보이지 않는다. 수리치를 떠올리는 순간 바론의 모습이 흐릿해졌다. 나리아는 마음을 가다듬고 다시 바론의 방에 정신을 집중했다.

바론의 방에 울려 퍼지는 자신의 심장 소리가 들렸다. 가리온은 연구원들을 하나씩 호출하며 준비 여부를 확인했다. 가리온이 물을 때마다, 연구원들이 "준비완료!" 하고 외쳤다. 나리아는 집중력을 높였다. 몸이 허공으로 뜨는 기분이 든다. 아니, 실제로 나리아의 몸은 허공에 떠올랐다. 마오와 할아버지에게서 전달되는 에너지가 나리아의 힘을 증폭시켰다. 다음 순간, 가리온이 바론에게 물었다.

"실행은 언제인가?"

바론이 모니터에 표시된 붉은 점을 바라보며 말했다.

"지금입니다. 나리아 N30875에 대한 제거를 실행합니다."

다음 순간, 가리온이 탁자 위로 올라온 스위치를 눌렀다. 나리아는 눈을 떴다. 양탄자에 새겨진 동그라미가 회전하면서 밝은 빛을 쏟아 내고 있다. 나리아는 노란빛 그 자체다. 머리칼은 온통 하얀색이다. 나리아는 동그라미에서부터 자신이 있는 곳까지 원형으로 뻗은 길을 보았다. 나리아가 외쳤다.

"지금이에요."

사각 틀과 삼각 지지대에서 회전하고 있던 마오와 할아버지의 힘이 꼭짓점을 벗어나 나리아에게 닿았다. 나리아는 둥근 길로 빨려 들면서 예언서에서 봤던 소녀를 떠올렸다. 불덩이를 안으려는 소녀.

'일어나야 할 일은 반드시 일어난다.'

다음 순간 눈부신 섬광이 방을 채웠다. 마오와 할아버지는 엄청난 힘에 밀려 뒤로 나동그라졌다. 잠시 뒤, 방은 아무 일도 없었던 것처럼 원래대로 돌아왔다. 마오가 엉거주춤 일어서며 말했다.

"간 거예요?"

할아버지가 바닥에 떨어진 안경을 주워 들며 말했다.

"그런 것 같구나."

두 사람의 말에 대꾸라도 하듯 벽에 걸린 양탄자가 종잇장처럼 펄럭였다. 방에 남은 두 사람은 그 모습을 멍하니 바라봤다.

돌아가는 길

나리아는 끝없이 빨려 들어갔다.

그러는 동안 머릿속에서 코레의 기억들이 뒤엉켜 돌아갔다. 가장 먼저 떠오른 건 고리의 방에 있는 마오와 할아버지의 모습이다. 두 사람은 걱정스런 얼굴로 양탄자를 지켜보는 중이다. 다음으로는 콧김을 씩씩 내뿜는 바쿠가 보였다. 바쿠의 까만 눈동자 속에는 저를 바라보는 나리아의 모습이 맺혀 있다. 순하고 충직해 보이는 바쿠의 눈은 나리아의 마음을 편하게 했다. 그때 아이들의 해맑은 웃음소리가 들렸다. 들판을 뛰어다니던 아이들. 그중엔 미오도 있다. 미오가 나리아를 향해 손을 흔든다. 그 순간 나리아는 미오의 볼에 얼굴을 부비고 싶었다. 하지만 곧바로 다른 이미지들이 떠올랐다. 미오의 친척 집에서 아침을 함께 하던 것과, 아주머니가 손을 잡아 주던 모습이다. 나리아는 따뜻함을 느꼈다. 그러다 가슴이 시원해졌고, 어느 순간 마오와 하늘을 날고 있다. 손끝에 닿던 바람과, 끝없이 펼쳐진 푸른 숲이 발아래 있다. 숲은 온갖 동물이 살아가는 터전이다. 나리아는 이제 숲속에서 만났던 새 둥지와, 눈도 뜨지 않고 꼬물대던 아기 새들을 보았다. 그리고 구릉지에서 춤추던 것과, 축제에서 고리의 역사를 노래하던 할아버지, 사람들의 몸을 감싸던 빛이 보였다. 자신에게 딸기 열매를 건네던 아이의 작은 손과, 마른 땅에서 만난 수색대원들, 그리고 장대를 들고 서 있던 아칸의 모습. 다음 순간 어깨에 작은 아이를 태운 아칸이 나무 앞에 서 있다. 나무에는 종이 띠가 매달려 있다. 고개를 뒤로 젖혀야만 볼 수 있는 나무. 나리아는 사람들 속에 섞여 나무를 올려다봤다. 그 순간 나무의 꼭대기가 이상한 형태로 일그러졌다. 나무는 조금씩 초록빛을 띠며 세모나게 변했다. 나리아의 심장이 빨라졌다. 어느새 나무가 있던 자리에 바론이 서 있다. 코끝에 바론의 냄새가 맡아졌다. 메마르고 건조한 냄새. 냄새는 조금씩 짙어졌다. 나리아는 그렇게 끝이 보이지 않는 터널 속으로 빠르게 들어갔다.

같은 시각, 바론의 방은 혼돈 그 자체다.

"모르스가 접근 중입니다."

반복되는 기계음으로 사람들은 불안에 떨었다. 여기저기서 연구원들이 목청을 높였다.

"붉은 점의 방향이 바뀠습니다."

"알파스피어가 붉은 점을 뒤쫓고 있습니다."

"속도가 점점 빨라집니다."

가리온이 어쩔 줄 몰라 하며 바론을 봤다.

"대체 무슨 일인가?"

바론이 흔들림 없는 목소리로 말했다.

"지금 모르스의 경로를 계산 중입니다."

가리온은 초조한 얼굴로 모니터를 살폈다. 바론의 방은 나리아의 심장 소리와, 나리아의 접근을 알리는 경고음, 이리저리 뛰어다니는 연구원들의 움직임으로 부산스럽다. 그때 소란을 뚫고 바론의 목소리가 울렸다.

"바론에 대한 보호 시스템을 작동합니다."

그 순간 모든 시스템이 연구원들의 통제를 벗어나 스스로 움직이기 시작했다. 연구원들이 하나둘 자리에서 일어나 가리온과 바론이 있는 통제실을 쳐다봤다. 가리온은 연구원들의 시선을 의식하며 바론에게 물었다.

"어찌된 일인가?"

바론이 차분한 목소리로 대답했다.

"경로를 분석한 결과 모르스는 바론시를 향하고 있는 것으로 확인됩니다."

가리온이 떨리는 목소리로 물었다.

"그럼, 알파스피어는?"

"알파스피어는 모르스를 추적하도록 프로그램되어 있습니다."

가리온의 목소리가 다급하다.

"그럼 도시가 위험하지 않나?"

바론의 변함없는 목소리.

"도시가 파괴되어도 바론은 파괴되지 않습니다. 그것이 위기관리 시스템 1원칙입니다."

가리온의 몸이 휘청였다.

"그럼 밖에 있는 사람들은 어쩌나?"

"생존률은 0퍼센트입니다."

가리온과 바론의 대화는 연구원들 사이로 빠르게 전달됐다. 사실을 전해 들은 연구원들의 얼굴엔 공포와 충격이 뒤엉켰다. 이제 바론은 스스로 모든 시스템을 통제하고 지휘했다. 연구원들은 손을 놓은 채 불안한 얼굴로 모니터를 바라봤다. 잠시 뒤, 바론의 목소리가 울렸다.

"위기관리 시스템 1원칙이 완벽히 가동되었습니다."

연구원들의 입에서 안도와 탄식하는 소리가 터져 나왔다. 지금 상태라면 탑 안에 있는 사람들은 무사하다. 다만 탑을 제외한 도시의 파괴는 어쩔 수 없는 기정사실이다. 모두들 대형 모니터를 응시했다. 모니터에 표시된 붉은 점과 알파스피어는 바론시에 근접해 있다. 그때, 다른 형태의 경고음이 울려 퍼졌다.

"모든 인간은 지금 즉시 대피하십시오."

사람들의 얼굴에 당황하는 빛이 떠올랐다. 가리온은 바론을 쳐다봤다. 바론이 말했다.

"시스템 오류입니다."

하지만 다음 경고음이 들렸다.

"바론이 격추될 예정입니다. 모든 인간은 지금 즉시 탑을 떠나십시오."

그때 연구원이 외쳤다.

"모르스와 알파스피어의 방향이 바뀌었습니다. 그게 도착하는 곳은…… 바론의 방입니다."

그 말의 파급력은 어마어마했다. 연구원들은 서둘러 바론의 방을 빠져나갔다. 가리온은 방을 빠져나가는 연구원과 바론을 번갈아 쳐다봤다.

"이게 대체……."

그 순간, 바론이 보호 시스템 해제를 작동했다.

"위기관리 시스템 1원칙에 대한 해제를 시작합니다."

경고음이 다시 울렸다.

"곧 지하 대피로가 닫힙니다. 모든 인간은 지금 즉시 탑을 떠나십시오."

그제야 가리온은 정신이 들었다. 바론이 위기 상황에서 스스로를 지키도록 되어 있는 제1원칙과 같은 비중으로 인간을 보호하는 원칙이 작동되고 있었다. 지금 진행되고 있는 경고는 바론의 시스템과 별도로 설정된 것이 분명하다. 가리온은 서둘러 입구를 향해 뛰었다. 뒤에서 바론의 목소리가 들렸다.

"대행자는 자리를 지켜야 합니다."

가리온은 멈춰서 돌아봤다. 다음 순간 가리온은 가슴에 달린 대행자 엠블럼을 바닥에 던졌다. 엠블럼의 파편이 사방으로 튀었다. 그 순간 바론의 띠가 헝클어지면서 엄청난 속도로 회전했다.

지하 감옥에 갇혀 있던 수리치도 방을 빠져나왔다. 대피 경고가 작동하면서 잠겨 있던 모든 문이 해제됐다. 앞서가던 연구원들이 외쳤다.

"도망쳐. 바론이 파괴될 거야."

수리치는 영문을 몰랐지만, 바론을 빠져나가야 한다는 것만큼은 알 수 있었다. 저만치 바깥으로 통하는 대피로가 보였다. 대피로의 문이 아래로 내려오고 있다. 서두르지 않으면 빠져나가기 전에 문이 닫힐 수도 있다. 수리치는 이를 악물고 뛰었다. 그리고 마침내 문이 반쯤 내려왔을 때 문을 통과했다. 바론을 빠져나온 사람들은 사방으로 흩어졌다. 수리치는 도시로 연결된 가장 빠른 공중 도로 쪽으로 방향을 잡았다. 그때 뒤에서 부르는 소리가 들렸다.

"수리치."

돌아보니 가리온이 대피로 복도를 달려오는 게 보였다. 가리온은 비틀거리며 출입문으로 다가왔다. 이제 대피로의 문은 굴러야 통과할 수 있을 정도로 내려와 있다. 수리치는 문 쪽으로 뛰었다. 하지만 수리치가 닿기도 전에 문이 먼저 바닥에 닿았다. 안에서 가리온의 외침이 들렸다. 그때 도시 전체로 경고음이 울렸다.

"모든 인간은 지금 즉시 안전한 곳으로 대피하십시오."

길게 이어지는 사이렌 소리가 수리치의 본능을 일깨웠다. 수리치는 바론에서 최대한 멀어지기 위해 달리고 또 달렸다.

바론은 자신이 가동시킨 제1원칙을 해제하기 위해 모든 시스템을 동원했다. 하지만 붉은 점이 다가오는 속도보다 빠를 수는 없었다. 마침내 바론의 방에 있는 유리관에 푸른 섬광이 번쩍였다. 빛이 사그라진 자리에 나리아가 서 있다. 나리아는 유리관 안에서 바론의 모습을 바라봤다. 바론은 일그러진 얼굴로 나리아를 응시했다. 홀로그램을 이룬 띠들은 이리저리 뒤엉켜 푸른빛을 번쩍였다. 바론의 모습을 확인한 나리아는 마음이 놓였다. 바론이 원하는 대로 일이 풀리지 않는 게 분명하다. 나리아는 눈으로 모니터를 훑었다. 자신을 좇는 알파스피어가 붉은 점과 겹쳐지기 직전이다. 바론은 생각대로 자신을 보호하는 시스템을 작동 중이다. 그걸 해제하는 시스템은 고작 3%가 진행된 상태다. 나리아는 만족스러웠다. 이 정도면 알파스피어가 터져도 도시는 안전할 거다. 바론을 보호하는 시스템은 어떤 공격에도 끄떡없게 설계되어 있다. 그러니 알파스피어가 이곳, 바론의 방에서만 폭발하면 된다. 나리아는 바론을 바라봤다. 바론의 음성이 부정확하고 불규칙하게 울렸다.

"나리아 N3087, 나리아 N308, 나리아 N3088888……."

"내가 너와 함께 모든 걸 끝낼 거야."

마지막 순간은 고요했다. 나리아는 천천히 눈을 감았다. 아무 소리도 아무것도 보이지 않았다. 다만 지금까지 겪었던 모든 일들이 한꺼번에 떠올랐다. 마지막으로 나리아는 불덩이를 끌어안는 소녀의 모습을 떠올렸다. 바로 그때 어디선가 마오의 목소리가 들렸다.

"나리아, 지금이야. 당겨."

그건 마오와의 마지막 약속이다. 나리아는 가방에 매달린 끈을 힘껏 당겼다. 그 순간 붉은 점과 알파스피어의 위치가 겹쳤고, 바론의 방에는 거대한 폭발이 일어났다. 나리아는 뜨거운 화염과 "안 돼" 하는 바론의 외침을 동시에 느꼈다.

폐허 위에서

탑은 바론의 방이 있던 꼭대기부터 무너졌다.

탑을 이루던 벽들이 떨어져 나가고, 기계들을 연결하고 있던 수많은 줄들이 끊어지면서 탑은 가루가 됐다. 이제 도시를 굽어보던 뾰족한 탑은 형체도 없이 사라졌다. 엉망이 된 건 도시도 마찬가지다. 탑과 연결된 도로들이 뒤틀리고 끊기면서 그 위에 있던 건물들도 무너졌다. 그리고 바론의 통제로 이루어지던 모든 시스템이 작동을 멈췄다. 하지만 알파스피어가 바론의 보호막 안에서 터졌기 때문에 그나마 피해를 줄일 수 있었다. 바론이 파괴될 때 수리치는 그 충격으로 날아갔다. 정신이 들었을 때는 모든 게 끝나 있었다. 수리치는 먼지를 뒤집어쓴 채 바닥에서 일어났다. 아직도 눈앞에 먼지 부유물들이 떠다녔다. 바론이 있던 자리는 먼지 폭풍에 잠겨 있다. 수리치는 무너져 내린 도시를 바라봤다. 건물을 빠져나온 사람들이 하나둘 도시 아래를 굽어 봤다. 수리치도 사람들을 따라 아래를 봤다. 도시 아래는 초록 평야가 펼쳐져 있다. 마침내 땅이 모습을 드러낸 거다. 익숙했던 바다는 어디에도 없다. 충격으로 땅에 추락한 에어윙의 잔해도 보인다. 무너져 내린 건물이 에어윙과 엉켜 있다. 사람들은 바론이 파괴된 것보다 바다가 사라진 것에 놀란 눈치다. 바다가 있던 자리에 드러난 땅. 도시는 땅에 박아 놓은 흉물스런 기둥들 위에 위태롭게 놓여 있다. 이제 사람들은 진실들을 알게 되었다. 수리치는 고개를 들었다. 멀리 새 떼가 하늘을 날아갔다. 수리치는 기분이 멍했다. 그동안 바론의 하늘에 새가 날아다닌 적은 없다.

'새라니……?'

수리치는 문득 새로운 사실을 깨달았다. 바론은 바다를 위장해 온 것처럼 하늘도 위장해 온 거다. 그동안 새를 보지 못한 건 그래서다. 바론시가 완벽히 닫힌 세상이었다는 게 새삼 놀랍다. 하지만 이제부터는 달라질 거다. 도시는 지금 세상을 향해 완전히 열려 있었다.

어느새 탑이 있던 곳에 머물던 먼지 폭풍도 가라앉았다. 수리치는 잿더미가 된 탑을 물끄러미 바라봤다. 그때 잔해 더미 위에서 뭔가가 빛났다. 처음엔 그게 건물 잔해인 줄 알았다. 하지만 조금씩 반짝이는 것의 형태가 잔해와 다르다는 걸 알았다. 수리치는 눈을 비볐다. 잿더미 위에는 커다란 은색 알이 놓여 있다. 그건 요람을 세워 놓은 것과 비슷하다.

"뭐지?"

수리치의 발걸음은 폐허를 향했다. 얼마쯤 지나자 폐허 위에 있던 알이 살짝 벌어졌다. 수리치는 걸음을 멈추고 그 모습을 바라봤다. 서서히 벌어진 알은 거대한 은빛 날개가 되었다. 날개 한가운데는 누군가 서 있다. 수리치의 눈이 커졌다.

"나리아……?"

머리칼이 온통 은빛으로 물들었지만, 거기 있는 건 나리아가 분명하다. 수리치는 탑을 향해 뛰었다.

'나리아가 돌아왔어, 나리아가 새를 몰고 온 거야.'

그러는 사이 나리아는 눈을 떴다. 폐허가 된 도시와 땅이 먼저 보였다.

'여기가 어디지? 코레? 바론?'

하지만 곧 도시의 풍경이 눈에 익었다. 무너진 곳이 많긴 하지만 이곳은 분명 바론시다. 나리아는 믿기지 않았다.

"내가 살아 있는 걸까?"

나리아는 왼쪽 가슴에 손바닥을 갖다 댔다. 심장이 뛰고 있다. 그때 등 뒤에 펼쳐진 날개가 보였다. 은빛 날개는 금속으로 되어 있다. 나리아는 손을 뻗어 날개를 만졌다. 날개는 얼음처럼 차갑다. 어깨 근처에는 날개 모양 금속판이 붙어있다. 나리아는 그걸 날개에서 떼어냈다. 축제날 마오가 줬던 거다. 등 뒤에 펼쳐진 날개는 금속판과 같은 재질이다. 나리아는 마오가 그걸 불속에 집어던지던 모습을 떠올렸다. 그러자 마오의 목소리가 되살아났다.

'이건 불에 녹지 않아.'

나리아는 손바닥을 움직여 금속 날개를 이리저리 비췄다.

"마오가 약속을 지킨 거야."

나리아는 마지막 순간에 가방 끈을 잡아 당겼던 걸 기억했다. 그때 가방 안에 있던 날개가 나리아를 감쌌고, 그 때문에 폭발을 견딜 수 있었다. 나리아는 마오가 그동안 유물터를 부지런히 오가고, 흙투성이가 되어 돌아오고, 밤늦게까지 작업실에 있던 이유를 알 것 같다. 날개는 마오의 것과 모양이 같다. 하지만 마오의 날개가 나무와 천으로 덧대어져 있다면 금속 날개는 서로 맞물려 접히도록 되어 있다. 나리아는 그동안 혼자 애썼을 마오의 마음을 느꼈다. 나리아는 손바닥에 있는 금속 날개를 꼭 쥐었다. 그러다 날개 뒤쪽에 새겨진 글씨를 보았다. 나리아는 날개를 뒤집어 글자를 확인했다. 그건 미오가 고리의 방에서 썼던 글자다. 나리아는 코레의 글자를 천천히 읽었다.

"나리아."

나리아는 자신의 이름을 불렀던 수많은 사람들의 얼굴을 떠올렸다. 그러자 어떤 희망 같은 것이 느껴졌다. 나리아는 잔해 위에서 도시를 바라봤다. 도시는 폐허나 마찬가지다. 그래도 희망적이다. 나리아는 도시 아래로 드러난 땅을 내려다봤다. 이제 도시는 땅 위에서 다시 시작될 거다. 그때 나리아의 목에 걸린 고리가 팽그르 돌면서 푸른빛을 뿜어냈다. 나리아는 빛이 가리키는 하늘을 보며 가방 끈을 잡아당겼다. 등 뒤에 있는 날개가 움직이면서 나리아는 훌쩍 날아올랐다. 얼마쯤 올라간 나리아는 바람을 가슴 깊이 들이마셨다. 바람에 코레의 냄새가 담겨 있다. 나리아는 중얼거렸다.

"끝은 새로운 시작이야."

수리치를 비롯한 많은 사람들은 은빛 날개를 한 소녀의 비행을 오랫동안, 아주 오랫동안 지켜봤다.

에필로그

유물 관리국은 하루 종일 사람들로 북새통이다.

특히 오래된 상자와, 상자에서 나온 고리 모양의 메달, 그리고 은빛 날개 금속판이 놓인 전시관 앞에는 사람들의 행렬이 길게 이어졌다.

이로써 그동안 증명되지 못했던 고리의 역사 일부가 복원되었다. 더군다나 유물을 발견한 노인은 사라진 역사 인물의 먼 후손이다. 이 기적 같은 일은 연일 사람들 입에 오르내렸다.

이제 노인은 숲 대신 박물관으로 출근했다. 상자를 발견한 것에 대한 유물관리국의 배려다. 노인이 맡은 일은 상자와 유물이 놓인 전시관 앞에서 해설을 하는 거다. 노인은 모여든 사람들 앞에서 의기양양한 표정으로 말했다.

"이것들은 그동안 전설속의 인물로만 여겨졌던 '시간을 이어가는 자'에 대한 증거입니다. 그 최초의 인물이 바로 이 목걸이와 금속판의 주인입니다. 지금 우리 모두에게 있는 6번째 힘은 그로부터 비롯된 것입니다."

노인이 덧붙여 말했다.

"그리고 저는 그의 먼 후손에 해당합니다."

이 부분을 말할 때 노인의 목소리는 특히 힘이 넘쳤다. 사람들이 고개를 주억거리는 걸 보며 노인은 만족스런 웃음을 지었다. 그때 천장에서 햇빛 한줄기가 전시관을 비췄다. 사람들은 건물을 덮고 있던 천장이 날개 모양으로 열리는 걸 지켜봤다. 건물의 천장을 이루고 있는 돔은 노인이 발견한 금속판과 같은 재질이다. 하늘에서 이 모습을 보면 도시의 건물들은 동시에 피어나는 꽃과 같다. 초록 숲에 둘러싸인 거대한 은빛 꽃무리, 그게 바로 새로운 도시, 코레의 모습이다.

작가의 말_ 오시은

반복해서 꾸는 꿈이 있었다. 꿈의 마지막은 항상 바다를 건너야 한다. 바다를 건널 이유는 다양하다. 전쟁이 나거나, 도시가 불바다가 되거나, 살인마가 쫓아오는 식이다. 하지만 나는 바다를 건너지 못한다. 눈앞에서 배가 흔들리고, 사람들이 아우성을 쳐도 내 발은 땅에 달라붙어 꼼짝을 하지 않는다. 나는 물을 건너는 게 두렵다. 그건 전쟁과 불바다와 살인마보다 무서운 일이다.

그러다 어느 날, 바다를 건너는 꿈을 꿨다. 모래 해변이었고 해로 인해 바다가 황금빛으로 물들었다. 그때 발밑에서부터 바다로 길이 뻗어나갔다. 바다 위로 뻗은 길은 한 사람이 지날 정도로 좁다. 나는 두렵고도 설레는 마음으로 발을 뗐다. 그리고 어느새 바다 한가운데까지 갔다. 양 옆으로 펼쳐진 바다는 잔잔하게 출렁였다. 나는 오래도록 바다 한가운데 서 있었다.

살다 보면 꼭 해야 하는 일이 있다. 바다를 건너지 못했을 때, 나는 내 삶을 회피했다. 바다를 건넜을 때, 나는 내 삶에 많은 것들을 받아들였다. 돌아보니 그렇다.

이번에 책으로 내는 글은 언제고 건너야 할 바다와 같다. 글의 씨앗은 10년 전에 내게로 왔다. 그때 나는 사람들이 주고받는 문자와 이미지에 자아를 부여하고, 허공을 떠다니는 정보들이 아무도 몰래 사라지는 생각들을 했다. 생각이 구체화되면서 형상은 '전송되는 소녀'로 굳어졌다. 씨앗이 나리아가 된 것이다. 그 후로도 글은 오랫동안 내 속에만 머물렀다. 손끝에서 글자가 되면서는 여러 번 탈바꿈을 했다. 알이 땅속에서 애벌레가 되고 땅 위로 올라와 날개를 얻어, 마침내는 요란하게 우는 매미가 되는 것처럼, 이 글도 비슷한 과정을 겪었다. 쓰고 다시 쓰는 과정에서 많은 것들이 바뀌었다. 나리아가 주인공으로 굳어졌고, 주변 인물들이 새롭게 만들어지고, 장면들도 가지처럼 뻗어나갔다. 앞으로 나아갈수록 나리아는 영웅이 되고 싶어 했다. 하지만 헐리우드 영화에 자주 등장하는, 나 홀로 세상을 구원하는 남성 영웅은 되고 싶지 않았다. 그리고 남성 영웅을 흉내 낸 여성 영웅도 되고 싶지 않았다. 나리아는 누구나 될 수 있는 영웅이 되고 싶었다. 나리아의 요구를 들어주기 위해 많은 시간을 보냈다. 그러다 보니 단편으로 시작된 글이 800매 가까이 되는 장편이 되고 말았다.

나리아와 함께 수많은 이미지를 만들고 지우기를 반복하는 시간은 차라리 즐거웠다. 적어도 작가의 말을 쓰는 지금보다는 말이다. 혼자 간직해 온 글을 내보내려니 또다시 바다를 마주한 기분이다. 내가 바다로 나아가도록 모래 해변과 해와 길이 되어준 사람들이 있다. 함께 SF를 공부한 '우주의 배'의 세언, 퐁, 주하와, 가감 없는 조언을 던져준 아들 동현에게 감사한다. 저 하나 있으니 하는 마음을 갖게 해 준 이들이 없었다면 나는 또다시 바다를 건너지 못했을 것이다. 기왕에 발을 뗐으니 무사 항해를 기원해 본다.